# 동네 책방
# 퇴근 후

# 동네 책방
# 퇴근 후

구선아

리얼북스
RealBooks

# Prologue

『퇴근 후, 동네 책방』은 책방 운영자가 책방 퇴근 후, 책방으로 여행을 떠난 이야기를 기록한 책입니다.

서울의 곳곳에는 오늘도 책과 취향과 공간을 나누는 동네 책방들이 있습니다. 저는 매일 책방으로 여행을 떠나지만, 언제나 또 다른 책방으로의 여행을 꿈꿉니다.

처음엔 그냥 책이 좋아서 였습니다. 그 후엔 책이 있는 공간이 좋았습니다. 그리고 지금은 책방마다 다른 이야기, 책방마다 다른 사람들이 좋습니다.

저마다의 이야기로 꽉 찬 책방의 이야기를 더 많은 사람과 나누고 싶습니다. 모두가 낭만적인 이야기는 아니지만, 모두가 자신의 삶을 살아가는 단단한 이야기입니다.

책방 운영자로서, 여행자로서, 동료로서 바라본 책방의 이야기에 귀 기울여 주세요.

퇴근 후, 책방으로 떠나 책과 함께 새로운 취향을 발견하고, 자신만의 책방을 찾아봐 주세요.

구선아

*2018년 9월부터 2020년 2월까지 동네 책방 19곳의 걸음을 기록했습니다.

Contents

Chapter 01,

소소하지만 특별한

Chapter 02,

## 그림 그리고, 글도 쓰고

책방마다 다른 이야기, 책방마다 다른 사람들이 좋습니다. 저마다의 이야기로 꽉 찬 책방의 이야기를 더 많은 사람과 나누고 싶습니다.

# 01

# 소소하지만 특별한

동네 예술가와 함께 예술을 짓고, 동네 주민과 함께 책을 읽는 서점이 있다. 저녁에 동네 사람들과 함께 '예술 짓는 책방'이라는 이름으로 여러 프로그램을 운영한다. 「음악을 짓다, 영화를 짓다, 연극을 짓다」로 나누어진 프로그램이다.

책방에서 공연보기

## 공상온도

@gongsangondo
서울시 마포구 동교로23길 40, 지하1층
일~목 12:00~23:00, 금~토 12:00~24:00

홍대 인근은 인디음악과 힙합 공연을 하는 소공연장과 신진 아티스트를 위한 갤러리, 작은 책방이 서울에서 가장 많은 곳이다. 홍대입구역 주변으로 십여 개 이상의 책방이 있고, 연남동, 연희동, 합정, 상수, 망원동까지 범위를 넓혀 보면 그 수는 몇 배가 된다.
책방 문화의 중심 홍대입구역 뒤편에 5년 차에 접어든 책방 공상온도가 있다. 책방 운영자는 자신이 좋아하는 독립적인 문화를 많은 사람에게 보여주고 나누기 위해 공상온도를 만들었다. 2013년 공연과 전시를 결합한 동명의 행사를 연 것을 시작으로 이후 공상온도라는 이름의 공간이 되었다. 공상온도라는 이름은 존 레넌이 '예술적 온도가 맞는 여자는 오노 요코뿐'이라고 말했던 것에서 착안해 '예술 온도가 맞는 사람들끼리 예술의 길을 함께 가보자.'는 의미로 지었다. 그렇게 2016년 1월 홍대입구역 뒷골목에 독립적인

공연과 전시, 출판을 다루는 공상온도가 시작됐다.
공상온도는 독립출판물을 다루는 독립서점이자 인디뮤지션 공연을 여는 공연장이다. 공연 포스터가 다닥다닥 붙어있는 계단을 따라 내려가면 카페와 공연장, 책방이 함께 있다. 공간의 사 분의 일 정도가 독립출판 서가로 꾸며졌고, 나머지는 카페로 운영된다. 카페엔 몇 가지 종류의 커피와 열여덟 가지의 맥주를 판매한다. 내가 좋아하는 브루독과 핑크빛 달콤함을 가진 호가든 로제도 있고, 다양한 커피 종류가 있다. 아티스트는 조제 음료를 30% 할인해준다. 자신이 아티스트인 것을 무엇으로든 증명해 보이면 할인받아 공상온도의 음료를 즐길 수 있다.
서가 앞에 이달의 공연과 전시 소개 포스터가 붙어있고, 실내 곳곳에 공상온도에서 열렸던 공연 포스터와 다른 곳에서 열린 뮤지션의 공연 포스터가 걸려있다. 그중

RATDO'S Band Music을 운영하는 인디뮤지션의 공연 포스터가 눈에 띄었다.
공간 분위기는 낮에는 커피, 저녁엔 맥주를 마시기 좋은 아늑하지만 힙 한 분위기다. 공연 날이면 테이블과 좌석이 있는 공간이 비워지고, 전문 엔지니어가 음향시스템을 조정하고, 이동식 무대가 설치된다.
기획공연은 한 달에 정기적으로 한 번에서 두 번 정도 열리고, 협업이나 대관공연이 많을 때는 한 달에 여섯 번 정도 열린다. 공연마다 평균 30~40명, 많으면 60~70명의 관객이 공상온도를 찾는다. 가장 많은 관객이 온 공연은 115명으로 공간을 꽉 채웠었고, 관객이 적었을 때는 10명이 채 안 된 적도 있다고 했다. 인디가수의 경우, 인지도도 적고, 홍보도 힘들어 공연 한 번도 만만치 않다. 간혹 방송에 나온 인디뮤지션이 관객 한두 명 앞에서 공연을 했다는 이야기를 종종 듣는다. 이미 팬덤이 생긴 뮤지션에겐 영웅 서사처럼 느껴지지만 인디뮤지션의 현실인 것 같아 마음이 쓰였다.

"어떻게 복합적인 기능을 가진 공간을 계획하셨어요?"

"커피를 마시러 왔다 책을 구매하고, 맥주를 마시러 왔다 공연을 보고. 그런 복합적인 무언가가 생기길 바랐어요."

"한 공간이지만 여러 일이 있어 힘들 것 같아요."

"혼자 운영하지만 도와주는 분들이 없었다면 진짜 힘들었을 것 같아요. 그리고 힘들다가도 좋아하는 뮤지션을 만나면 역시 공상온도를 하길 잘했다는 생각이 들어요."

공상온도는 독립출판물이 80% 이상을 이룬다. 독립서점이 많아지고 있지만, 아직 독립출판을 모르는 사람이 더 많다. 공상온도는 SNS를 활용하여 독립출판물을 몰랐던

이들에게 지속적으로 소개한다. 많은 작은 책방이 온라인 상점을 운영하지만 판매율이 꾸준하기는 쉽지 않다. 그 점에서 공상온도의 온라인 상점은 독립출판물 판매 확장에 꽤 큰 역할을 하고 있었다.

"온라인 상점도 그렇고 이 공간도 그렇고 독립출판물 판매도 중요하지만 많이 노출하고 홍보하는 것도 중요하다고 생각해요. 특히 좋아하는 독립출판물이 있어요?"

"예전에는 독특한 형태와 소재가 많았는데 최근 출판물은 질은 높아졌지만 실험적인 형태는 줄어서 아쉬워요."

운영자도 필명으로 NOB이라는 독립출판물도 발행하고 있다. 8년 동안 문화공간과 독립서점에서 무료로 배포하는 매거진이다. 2012년 처음 시작한 NOB은 네다섯 명의 멤버가 함께한다. 월간에서 계간으로, 책자 형태에서 포스

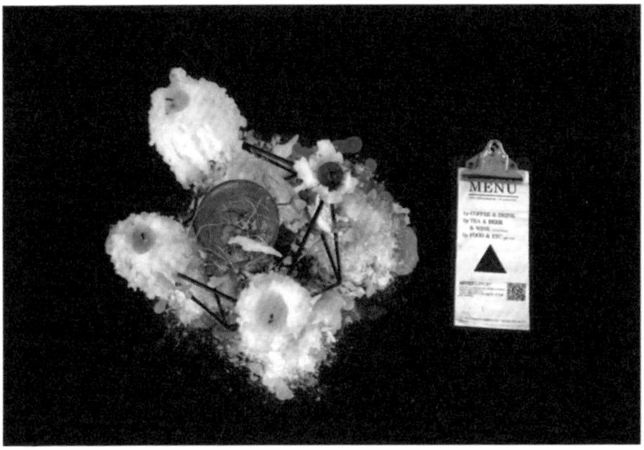

터 형태로 바뀌었다.

"너무 잘하려고 모든 힘을 쏟으면 결국 지칠 수밖에 없거든요. 지치면 지속할 수 없어요. 이런 문화가 지속하는 게 중요해요."

인디문화의 가치가 떨어지지 않아야 한다. 이는 문화를 만드는 사람, 소비하는 사람 모두에게 책임이 있다. 만드는 사람은 새롭게 세상을 읽고 풀어내는 시각을 가지기 위해 세상의 변화만큼 꾸준히 변화해야 한다. 너무 자신의 이익만 챙기려다 함께 걸어가는 친구를 놓칠 수 있다. 또한 소비하는 사람은 어떤 것이든 즐기려면 그만큼의 값을 지급해야 한다. 공간을 소비하는 것도 마찬가지다. 예쁜 혹은 독특한 실내장식이든 음악이든 전시든 그리고 독립서점 특유의 분위기든. 무료공연과 전시가 많은 요즘, 많은 사

람이 즐기는 것은 좋지만 좋은 신진예술가, 독립예술가를 소개하고 실험적인 콘텐츠를 선보이는 이런 작은 공간 운영이 힘들어지는지 이유인지도 모른다.

책방 운영자의 최근 최대 고민은 공상온도의 이전이다. 건물주가 오래된 건물을 팔았고, 새로운 건물 주인은 건물을 고치기 위해 모든 임차인을 내보내는 것으로 결정했다. 충분하지는 않지만 약간의 보상금을 받고 현재 이전 준비 중이다. 이럴 경우, 흔히 권리금이라 불리는 시설비를 받지 못한다. 그래도 얼마의 보상금이라도 받으려면 이전을 빨리 결정할 수밖에 없는 것이 현실이다. 특히 홍대 앞이라는 지역 특성상 문화공간의 이전이 쉽지 않아 우려되었지만, 다행히 그리 멀지 않은 곳으로 이전을 했다.

이전한 공상온도는 여전했다. 책도 공연도 분위기도 그대로였다. 조금 달라진 건 햇빛이 창으로 들어온다는 것, 벽

을 따라 중층으로 좌석이 마련되어 음료나 공연을 즐기기엔 더욱 쾌적해졌다는 것. 이전한 공상온도가 지금의 색깔을 잃지 않기를 바라며 책방 운영자와 한참 이야기를 나누는데 내가 평소에 즐겨듣는 음악 몇 곡이 연이어 흘러나왔다. 나만 알고 싶은 노래로 나의 책방에서도 종종 트는 음악이다. 공상온도에 공연이 없어도 운영자가 틀어주는 음악을 가만히 듣고 있어도 좋다.

"이 뮤지션은 공연 안 하나요? 제가 첫 번째로 예약할게요."

공상온도에 들렀다가 좋아하는 뮤지션의 공연을 만나게 되면 좋겠다. 나도 어서 그날을 만날 수 있기를.

사회학자의 시선으로

# 니은서점

@book_shop_nieun
서울시 은평구 연서로26길 35
수~토 14:00~20:00, 일 14:00~18:00,
월 · 화 휴무, 설 · 추석 당일 휴무

최근 몇 년간 내가 가장 많이 간 장소는 서점이다. 서점은 나에게 공부방이자 여행지이자 도피처이자 놀이터이자 산책지였다. 대형서점, 중고서점, 독립서점 구분하지 않고 참 많이도 다녔다. 책방 퇴근길 오랜만에 다른 책방으로 나섰다. 은평구의 조용한 골목, 짙은 녹색 간판이 노란 불빛과 어우러진 니은서점이다.

니은서점은 사회학자인 노명우 교수가 운영하는 인문사회 전문 책방이다. 책방은 의미 있게 시작되었다. 노명우 교수의 아버지와 어머니가 돌아가신 후 장례를 치르면서 약간의 조의금이 남았다. 함부로 쓸 수 없었던 돈이었기에 부모님께 드리던 용돈과 함께 모아두었고, 이후 유난히 할아버지, 할머니를 따르던 손자 손녀와 함께 책방을 열었다. 가족들이 거주하는 중간 지역쯤이기도 하고, 책방이 없는 동네이기도 하거니와 노명우 교수가 중학교 시절 매일 오갔던 동네에 책방 문을 연 것이다. 동네 사람들이 부르던 '삼거리 노씨네'에서 니은(ㄴ)을 따와 책방 이름을 붙였다. 손자 손녀가 책의 세계에서 멀어지지 않기 위해, 노명우 교수는 고립된 연구실이 아닌 세상으로 나온 것이다. 니은서점은 단골로 오가던 손님들이 '북텐더'가 되어 스텝으로 함께 한다.

"책을 하도 많이 사기에 그럴 거면 책방에서 알바해서 책 사라고 했어요. 지금은 인문사회 덕후들이 모여 책방을 운

영하고 있는 셈이죠."

책방은 간결하면서도 가득찬 느낌이다. 골목으로 전면 유리창을 두었지만 책을 보는 손님들을 위해 안내판으로 시선을 일부 차단했고, 책장은 높지만 손이 닿는 높이까지만 책을 꽂아두었다. 책방에서 소개하는 책은 책 테이블에 표지가 보이게 두었고 매월 베스트셀러가 아닌 북텐더가 추천하는 책을 따로 모아두었다. 책은 인문, 사회, 예술 분야가 대부분으로 대학출판사에서 출간하는 책과 전문 서적도 많았다. 한나 아렌트나 발터 벤야민 등의 벽돌 책도 꽤 있었다. 특히 내가 좋아하는 키워드의 책도 가득했다. 아마도 도시와 걷기, 놀이 등 나의 관심사와 마스터 북텐더의 키워드가 맞닿는 부분 때문이겠다.
책방에는 판매하는 책 외에 노명우 교수가 소장하던 책을

공유서재라는 이름으로 책방에 샘플로 두어 편히 책을 읽어보고 살 수 있도록 배려했다. 또한 손글씨로 책 띠지를 만들어 책을 소개하고, 일부 책은 3단계의 난이도로 표시해 두었다. 1/3은 고등학생 이상, 2/3은 성인, 3/3 난이도는 고급독자를 위한 책이란다. 나는 호기롭게 고급독자를 위한 책을 집었다. 어렵다고 느낄 수 있는 인문사회 서적을 다양한 방법으로 소개하고 있는 게 재밌었다.

노명우 교수는 채널예스 기고 글에서 '책만 파는 서점이지만 예전과 같은 방식으로 책을 팔 수 없음은 분명하다. 우

리가 살고 있는 시대에서 서점은 사실 스마트 폰이라는 골리앗과 싸우는 다비드의 처지이다.'라고 말했다. 그렇다. 책만 파는 서점은 어쩌면 동네 책방을 곧잘 다니는 사람에게조차 부담일 수 있다. 내가 운영하는 책방 연희도 마찬가지다. '음료는 없나요?' 하며 뒷걸음질 쳐 책방을 나가거나 '책만 팔아서 유지가 돼요?', '커피를 함께 팔면 더 손님이 많지 않을까요?' 이런 질문을 듣는 건 자주 있는 일이다.

니은서점의 주 프로그램은 2시간 안에 읽어낼 수 있는 책을 선정하고 함께 읽을 사람을 모집하는 「하이엔드 북토

크」다. 적어도 일주일에 1회 이상 열리는 북토크는 저자와 독자가 만나 책을 읽는다. 그동안 시인, 소설가, 사회학자, 도시학자, 번역가 등 다양한 분야의 저자와 함께했다. 2019년 시작한 북토크지만 벌써 60회(2020.2)가 넘었다. 올해 100회가 목표인데 벌써 두 달 후의 북토크까지 계획되어 있다. 대부분의 책방이 북토크를 유료로 진행하지만 니은서점은 모두 무료로 진행한다. 단, 참가자가 북토크 진행 도서를 한 권씩 구매하도록 권한다.

"북토크를 유료로 하면 책은 사지 않는 분들이 많아요. 그러면 서점도 작가도 좀 허망할 때가 있거든요."

"제 값을 치렀다고 생각하기 때문인 것 같아요."

"그래서 저흰 책이 몇 권이라도 더 판매되는 북토크를 지향해요."

처음 북토크를 시작했을 때는 모두 북마스터인 노명우 교수가 직접 작가를 섭외했다. 하지만 지금은 꾸준히 사랑받는 프로그램으로 자리 잡아 출판사나 저자가 먼저 연락을 주는 경우도 많다. 대략 1/3은 북마스터가 섭외하고, 1/3은 출판사에서 제안, 1/3은 저자가 적극적으로 찾고 있었다. 최근 동네책방에서 하는 소규모 북토크가 많아졌다. 대형서점에서 진행하는 신간 북토크나 사인회와는 조금 결이 다르다. 저자는 책 몇 권의 판매 목적보다는 독자를 가까이 만나 실제 목소리를 듣기 위함이며, 독자 역시 저자를 실물로 보기 위함이 아니라 책과 또는 저자와 직접적 관계를 얻기 위함이다.

니은서점을 둘러보다 보면 진지한 책들과는 다르게 오래된 물건과 유쾌한 물건이 곳곳에 있다. 오래된 물건은 그의 부모님이 사용하던 물건들이다. 흑백사진이 많고 묵주

와 작은 소품이 책 사이사이에 놓였다. 오래도록 부모님을 기억하기 위한 장치다. 부모님을 그리워하며 쓴 『인생극장』 옆에 놓인 부모님의 오래된 사진이 애틋하면서 따뜻하다.

귀여운 표정의 피규어도 심심치 않게 보인다. 도라에몽과 진구, 아톰 피규어다. 도라에몽 캐릭터를 좋아하는 노명우 교수의 소장품들이 책방에 안착한 것이다. 서가 한 편에 붙은 도라에몽 패브릭 포스터는 도쿄에 사는 친구가 도라에몽 특별 전시회에 갔다가 노명우 교수가 생각나서 보내왔다고 했다. 진지함과 유쾌함을 오가는 서점이다.

2020년을 시작하면서 니은서점은 유튜브도 시작했다. 북마스터와 북텐더들이 매월 한 권의 책을 골라 소개한다. 처음 영상을 공개한 후에 소개한 책 주문이 꽤 많이 밀려들

었다고 한다. 신간 위주나 베스트셀러가 아닌 각자 개성과 취향에 따라 고른 책들이었다. 에세이, 정치, 인문 등 다양한 분야의 책을 소개한 것도 흥미로웠지만 소개한 책을 세트로 구매하도록 적극적으로 홍보하는 모습이 새로웠다.

유명 유튜버나 미디어가 소개하는 책이 소비가 느는 현상은 계속 증가추세다. 아마 당분간은 계속 늘어날 것이다. 이에 책이 편중되어 소비될 수 있는데 니은서점과 같은 동네 책방이나 작가, 편집자들이 스스로 숨은 책을 소개하는 콘텐츠도 함께 늘고 있어 다행이란 생각이다. 이제 독자가 양질의 책을, 좋은 콘텐츠를 고르면 된다. 서점의 역할 중 가장 중요한 일이 책을 소개하고 판매하는 것이다. 책방이라는 이름으로 공간을 운영한다면 이 역할을 잊으면 안 되지 않을까. 전국 곳곳에 생기는 작은 동네 책방이 그 역할을 톡톡히 해주기를 바라본다.

니은서점은 진지하지만 어렵지 않게 인문사회 분야의 책을 다뤄서일까. 책방을 찾는 손님도 판매되는 책도 다양하다. 대학생부터 나이가 지긋한 중장년 손님까지 단골손님이 되었고, 가벼운 인문교양 서적부터 일생을 두고두고 읽어도 좋을 인문철학서까지 골고루 판매된다.

1인 도서 구매비와 1년 동안 책을 한 권 이상 읽는 성인 비율은 갈수록 줄고 있고, 대형서점에서 많이 판매되는 책은 한두 분야에 편중되어 있다. 그 역시 몇 권의 책이 오랜 시간 베스트셀러로 머무른다. 우리의 삶은 변화했다. 스마트폰 이용률이 크게 높아졌고 다양한 경험 매체가 늘어났다. 이에 책도 고전적 방식이 아닌 다양한 방식으로 경험되어져야 한다. 니은서점이 진지한 책도 유쾌하게 경험하게 해주는 책방으로 남아주길 기대한다.

글자가 뛰어 노는 꽃밭을 꿈꾸며

# 다시서점

@dasibookshop
서울시 용산구 이태원로42길 34, 지하1층
주말 12:00~18:00, 평일 휴무

이태원 뒷골목, 저녁 여섯 시가 되면 술 한잔하기 좋은 바로 변하는 책방이 있다. 2014년도에 종로 4가에서 처음 책방을 연 후 두 번의 이사 끝에 이태원 뒷골목에 자리 잡은 다시서점이다.
다시서점은 시집 중심의 서점으로 시작해 다양한 독립출판물을 다루고 있다. '시가 많다'는 뜻이기도 하지만, 가수 윤선애의 노래 '다시 만날 날이 있겠죠.'에서 따 온 이름이기도 하다. 헤어진 연인과 다시 만날 날을 노래한 가사가 책방 이름이라니. 한번 책방에 들른 손님이 그리움에 또 다시 책방에 와주길 바라는 마음일까. 다시 서점문화가 꽃피어 많은 사람이 서점을 가까이 해주길 바라본다.

골목 중간 줄이 길게 늘어선 수제버거 가게 옆으로 '들어오세요' 입간판과 지하로 내려가는 좁은 계단이 보였다.

총총 계단을 내려가면 햇빛이 완전히 차단된 어둑어둑한 책방이 나온다. 책을 보기엔 조금 어둡지만 바깥세상과 차단 된 글자들이 뛰어 노는 꽃밭이다. 가정집으로 사용되었던 공간을 운영자가 손수 고친 다시서점은 거실, 부엌, 방의 형태가 고스란히 남아있다. 벽을 거칠게 뚫어 시선은 통과하지만 책과 공간을 구분한 것이 재밌다.

"어느 날은 십 년 전 이 집에 살았던 사람이 찾아왔어요."
"자신이 살던 집이 남아있는 일도 요즘은 참 드물죠."
"여기가 부엌이고, 여기가 안방이었더라고요."

누군가 젊은 시절 한때를 보냈던 이곳이 지금은 감각적인 청록색 벽과 조명, 곳곳에 놓인 빈티지 소품과 이색적인 음악이 있는 책방이 되었다.
책방은 테이블마다 벽면 서가마다 시집과 시집을 닮은 에세이가 가득했다. 이태원에 자리 잡은 초창기에는 대형출판사 시집도 많았지만, 인근에 대형서점이 들어오고, 중고책까지 판매하면서 독립출판 시집 위주로 구성을 바꾼 모습이다.

"책이 순환될 수 있도록 책의 자리를 바꾸고 있어요."
책이 놓인 위치에 따라 손님에게 발견 될 기회가 다르다. 그래서 작은 책방은 시시때때로 책의 위치를 바꾼다. 그리고 서점은 책의 전시 방식, 위치의 변화만으로도 분위기가 달라진다. 어떤 표지가, 어떤 글자가 보이느냐에 따라 바

꿘다. 작은 책방을 좋아하는 사람은 매번 갈 때마다 조금씩 달라지는 분위기에 매료된다. 『우리는 분위기를 사랑해』 시집 제목처럼 우리는 책방의 분위기를 사랑한다.

특히 다시서점은 바와 함께 운영되고 있어 책이 가진 분위기와 술이 가진 분위기가 뒤섞여 있다. 바와 책방은 엄연히 다른 운영자에 의해 다른 수익모델을 가지고 운영 중이지만, 혼자인 듯 함께인 듯, 바 〈초능력〉과 〈다시서점〉은 공간을 공유하면서 함께 시간을 쌓는 중이다. 요즘은 공간 공유가 많아졌지만 처음 다시서점이 생겼을 땐 아주 드문 운영 방식이었다.

그렇다고 어느 북카페나 술을 파는 책방은 아니다. 책을 보며 술을 마시거나, 술을 마시며 책을 볼 수는 없다.

"초능력이라 붙은 간판 때문에 점 집인줄 알고 들어오는 손님도 있어요."

"책 많이 파는 초능력 어때요?"

"타로라도 배워야 할까 봐요."

나에게 초능력이 하나 있다면? 누구나 한 번쯤 상상해 봤을 생각이다. 공간이동, 타임리프 등 불가능한 능력을 초능력이라 부르지만 사실 우린 저마다의 초능력을 가졌는지 모른다. 누군가를 웃게 하고, 누군가를 기억하고, 누군가와 함께 하는 일은 어쩌면 그 어떤 초능력보다 어렵다. 하지만 책을 읽고, 쓰고, 파는 우리는 책을 많이 팔 수 있는 초능력을 상상했다.

다시서점은 다른 작은 동네 책방과는 달리 별도의 모임이

나 프로그램을 운영하지 않는다. 간간이 독립출판 콘텐츠로 유튜브 콘텐츠를 만들고, 작가들과 협업하여 아트 상품을 만들고 출판을 한다. 다시서점에서만 만날 수 있는 윤동주, 백석 시인의 에코백은 누구나 탐내는 다시서점만의 아이템이 되었다. 처음 운영자가 직접 쓴 글을 모아 낸 독립출판물 『시월세집』 시리즈를 시작으로 필명으로 『나는 너라는 문장 속으로 걸어 들어갔다』, 『보이지 않는 영원』, 『지나지 않은 문장』 등을 출간했다. 출간한 책은 다른 동네 책방에서도 유통되어 판매되고 있다.

이제 독립출판은 하위문화가 아닌 새로운 문화로 자리 잡고 있다. 대량생산 · 대량소비의 대중문화나 특정 계층만 소비하는 고급문화가 아니라, 누구나 창작자가 될 수 있고, 취향이 비슷한 사람들이 소비하는 독립출판문화다. 이에 더 다양한 독립출판 콘텐츠와 형태, 제작 방식이 나타

나고 있다.

다시서점은 이태원의 한남점 외 신방화점을 함께 운영 중이다. 신방화점에서는 모든 장르의 독립출판물을 취급하며 새로운 독립출판 큐레이션을 선보이고, 온라인 몰을 중심으로 운영한다.

최근 여러 지점을 운영하는 작은 책방이 늘었다. 수익성이나 콘텐츠 확장의 이유로, 책방 운영자의 또 다른 공간 표현의 이유도 있겠다.

어느덧 6년 차 책방이 된 다시서점이지만 아직도 새롭고 재밌는 일을 구상한다.

"이제 정말 하고 싶은 것을 해보고 싶어요."

빠르게 변화하는 독립출판시장과 빠르게 증가하는 독립서점이 유행이 아니라 창조적인 도시문화로 남길 바라며 새롭고 재밌는 일을 구상해 본다.

해 질 무렵, 다시 책방에 들러 시집 한 권을 골라봐야겠다. 제목이 마음에 들어도 좋고, 표지가 예쁜 책도 좋고, 나를 읽어주는 책도 좋다. 그렇게 시집 한 권을 골라 빈티지 조명이 놓인 테이블에 앉아야겠다. 그리고 다시서점이 초능력이 되면 맥주 한 병을 주문해야지. 그리고 시 한 줄에 맥주 한 모금을 천천히 마셔야겠다.

동네에 있는 진짜 동네 서점

# 대륙서점

@daeruk_books
서울시 동작구 성대로 40, 1층
매일 11:00~10:00, 휴무일 변경

서울에 살아도 이름조차 어색한 동네가 있다. 나에겐 그중 하나가 상도동이었다. 한 번도 가 본 적 없고, 한 번도 가 봐야겠다 생각지 못했던 동네다. 그런 곳에 동네 예술가와 함께 예술을 짓고, 동네 주민과 함께 책을 읽는 서점이 있다. 오래된 서점을 젊은 부부가 인수했다는 소리를 듣고 꼭 가봐야겠다고 생각한 서점 대륙서점이다.

지하철을 타고 신대방삼거리 역에서 내려 프랜차이즈 상점이 많은 대로와 전통시장을 지나면 동네 사랑방이 되어 가는 대륙서점이 있다. 대륙서점은 언덕 위 동네까지 오르는 마을버스 정류장 앞에 위치하여 힘든 출퇴근길 버스를 타고 오르는 사람들에게 조용히 응원을 보내는 동네 책방이다.

대륙서점은 오래전부터 사용하던 서점 간판을 그대로 사용 중이다. 시간의 때가 많이 묻었지만, 낡은 느낌이 좋아

찾는 사람도 많다. 서점 입구를 들어서면 이전 대륙서점의 모습과 서점을 운영하던 할아버지, 할머니의 모습이 담긴 사진이 걸려있다. 모르는 사람이 보면 2대째 운영 중이라 오해할지 모른다. 그러나 현재 책방을 운영 중인 젊은 부부는 우연히 상도동 동네로 이사 와 대륙서점을 만났다.

"동네에서 오래도록 부부가 함께할 수 있는 일을 하고 싶었어요."

이사 온 후, 동네에서 무슨 일을 할 수 있을까 고민하다 30년 가까이 자리하던 동네 책방이 곧 문을 닫는다는 소식을 듣고 냉큼 서점을 인수했다. 동네에 오랫동안 머물렀던 서점의 시간을 뺏고 싶지 않아서일까, 동네 사람들의 이정표였던 책방이 아쉬웠던 것일까. 새로운 책방을 열지 않고 그 자리 그대로의 책방을 인수한 것이다. 자신의 브랜드를 내건 책방을 할 법도 한데 동네의 시간과 장소를 기억하고

있는 대륙서점을 유지하기로 한 부부가 고맙다.

물론 오래된 대륙서점의 모습이 고스란히 남은 건 아니다. 언덕길 책방 위치와 낡은 간판을 빼고는 그때의 서점과 많이 달라졌다. 어둑한 갈색 책장으로 공간이 빼곡했던 예전 모습 대신 밝은 색깔의 책장을 두었고, 하얀 벽과 초록초록 한 식물로 싱그러운 책 냄새가 나는 공간으로 바꾸었다. 변화하는 동네 서점 문화와 어울리게 젊은 부부의 취향으로 재탄생 된 것이다.

학습지와 교재도 함께 팔던 서점에서 독립출판물과 운영자가 고른 책, 동네 사람이 좋아할 만한 책을 판매한다. 신간 도서도 있고, 베스트셀러도 있고, 아이들을 위한 그림책도 있다.

"저흰 책 종류가 다양해요. 동네 사람들 연령대가 다양해서인지 책 취향도 다양하더라고요."

"어린이부터 어르신까지 모두 오는 책방이라니. 진짜 동네 서점 같아요."

"유모차를 끌고 오는 손님도 종종 있어요."

동네 사랑방과 같은 서점이다. 그러나 동네 사랑방은 그냥 만들어지는 것이 아니다. 지역민을 타깃으로 작은 책방을 운영하는 일은 녹록지 않은 게 사실이다. 최근 작은 책방들은 소셜미디어를 기반으로 소셜 활동을 하며 젊은 독자 혹은 소비자를 유혹하고, 공간으로 끌어들인다. 책을 구매하는 독자 외에 책방을 찾는 대상을 확장하기 위함이다. 그러나 대륙서점과 같이 지역 밀착형 서점은 지역 네트워킹 공간으로서 역할을 단단히 해낼 수 있다는 장점이 있다. 단점은 느슨한 관계보다 친밀한 관계가 형성될 가능성이 높다는 것. 이럴 경우 새로이 책방을 찾는 대상 확장이 조금은 힘들 수도 있고, 운영자의 피로도가 높아지기도 한

다. 하지만 대륙서점은 지역 서점으로서 잘 운영해가고 있었다.

저녁엔 동네 사람들과 함께 '예술 짓는 책방'이라는 이름으로 여러 프로그램을 운영한다. 「음악을 짓다, 영화를 짓다, 연극을 짓다」로 나누어진 프로그램이다. 「음악을 짓다」는 하루키를 읽고 듣는 '하루키 듣는 밤'으로 무라카미 하루키의 작품을 함께 읽고, 책 속에 등장하는 음악을 함께 듣는다. 하루키의 인기만큼이나 책방이 꽉 찰 정도로 인기 있는 프로그램이다.

「영화를 짓다」의 '지금 찍으러 갑니다'는 좋아하는 시나 에세이의 한 구절 혹은 잔잔한 일상의 이야기를 스마트폰으로 촬영하여 미니 다큐멘터리를 만드는 프로그램과 실제로 시나리오를 쓰는 '기초 드라마, 영화 작법' 클래스도 열었다. 이미 영상으로 모든 콘텐츠를 즐기는 사진만큼이

나 영상이 일상화된 요즘이다.
마지막으로 「연극을 짓다」는 '달콤 쌉싸름한 리딩'으로 우리 일상을 담은 고전 희곡, 시나리오, 대본을 함께 읽는다. 누군가의 일상이지만 나의 일상이기도 한 이야기다.
서점에선 가끔 영화를 좋아하는 부부의 취향이 꼭 들어간 다큐멘터리 영화를 상영한다. 평소 접하기 힘든 다큐멘터리를 통해 우리의 삶을 바라보는 시간이다. 현실보다 더 현실인 다큐멘터리 영화는 생각보다 많은 생각을 안긴다. 지난 추석엔 'B급 며느리'를 상영한다는 소식에 웃음이 나기도 했다. 동네 며느리들이 모였을지, 남편들도 함께 왔을지 궁금해지는 그날이다.

책방을 나오며 고레에다 히로카즈의 영화를 떠올렸다. 정동진독립영화제가 열리는 때면 서점 문은 잠시 닫고 꼭 영

화제를 보러 간다는 부부의 책방이 그의 영화와 꼭 어울렸다. 왠지 그의 영화 속 사람들이 들를만한 책방 같았다.
집에 가기 싫은 날, 대륙서점에서 책 한 권을 골라도 좋고, 맥주 한 잔, 커피 한 잔을 마셔도 좋다. 운이 좋으면 동네 사람들과 함께 영화를 보고, 음악을 듣게 될지도 모른다. 캄캄한 하늘 아래, 뒤엉킨 전깃줄 사이로 보이는 언덕 위의 불빛처럼 우리의 내일도, 대륙서점의 내일도 반짝이면 좋겠다(대륙서점은 2021년 1월 현재, 생태서점으로 변화해서 운영중이다).

소소하지만 특별한

## 별책부록

@byeolcheck
서울시 용산구 신흥로16길 7, 1층
화~일 13:30~19:30, 월 휴무

일본 오사카의 스탠다드 북스토어(standard bookstore)는 책과 잡화, 음료가 함께하는 서점으로 오사카에서만 세 개의 서점을 운영 중이다. 처음에는 베스트셀러 위주로 책을 비치하고 회전율을 중요하게 생각했지만 지금은 연간 100회가 넘는 행사를 열며, 책이 그리고 서점이 사람과 사람을 연결한다는 가능성을 실험 중이다.

서울의 서점도 이미 많은 실험을 하고 있다. 책맥이란 단어를 유행시킨 북바이북과 몇몇 서점이 저자와의 만남을 매주 열면서 작은 동네 책방에서도 작가를 만나는 일이 전혀 어색하지 않은 일이 되었다. 그리고 지금은 많은 동네 책방이 당연하게 북토크를 열고, 행사를 진행한다. 매일

어느 동네 책방에서는 책과 사람을 연결하고, 사람과 사람을 연결하고 있다. 그중 많은 클래스를 열고 있는 책방이 있다. 단편 영화, 드로잉, 코바늘 뜨개질, 일러스트 디자인 등 다양한 프로그램이 매주 열리는 별책부록이다.
별책부록은 해방촌 언덕 위에 위치하고 독립출판서점 스토리지북앤필름과 문학서점 고요서사 인근에 있다. 붉은 벽돌 건물에 비스듬히 난 입구를 들어서면 단정한 별책부록을 만날 수 있다.
책방은 입구부터 맑고 깨끗한 느낌이다. 하얀 테두리가 지어진 입구를 들어가면 하얀 벽면과 하얀 수납장 그리고 모

양새가 검소한 수납 가구를 만드는 가라지가게의 책장이 밝은 느낌을 준다. 책장과 평대마다 책이 빼곡하다. 연차가 꽤 쌓인 책방인 만큼 책장마다 빈틈이 없다.

책방엔 독립출판물이 가장 많고, 약간의 기성출판물과 해외도서가 있다. 독립출판물은 텍스트, 사진, 그림, 영화 등 다양한 장르를 모두 다루며, 해외도서는 정기적으로 주문해 책장을 채우진 않지만, 종종 별책부록과 어울리는 책을 고른다. 외국에서 직접 소량입고하기도 하고, 국내 도매상을 통해서 들여오기도 한다.

7년 차 책방 별책부록은 두 번의 이전 끝에 지금의 자리에 안착했다. 첫 이전은 동교동에서 해방촌으로, 두 번째 이전은 해방촌 골목에서 해방촌의 또 다른 골목인 지금 위치로 옮겼다. 가능하다면 오래도록 해방촌 골목에 머무르고 싶다는 운영자는 2018년 초 우연히 지금의 공간을 발견하고 두 번째 이전을 결심했다. 책방 이사는 엄청난 노동이 필요하다. 모든 책은 판매해야 할 상품으로 훼손되지 않게 포장하여 이동해야 한다. 따라서 이삿짐센터에 모두 맡기기 힘들다. 대부분의 책방이 이전 시, 운영자와 스텝들이 직접 포장하고 이동하는 경우가 많다. 그래서 나는 해방촌을 찾는 사람이 많아지며 원하지 않는 이사를 했을 거라 짐작했었다.

"왜 책방을 이전하게 되었어요?"

"동네를 다니다 우연하게 지금의 공간을 발견했어요. 이전 책방이 직사각형 형태로 지금 공간보다 규모도 작았거든요. 그리고 이제 책방 바로 근처에 마을버스가 서요."

지금의 책방은 마을버스 정류장이 매우 가깝고 여러 길이 맞닿는 모퉁이라 찾기 쉬운 위치였다. 나도 이전의 별책부록을 찾아갔을 때 골목을 몇 번이고 잘못 든 경험이 있다. 이제 버스에서 내려 두리번거리면 골목 사이로 힐끗 별책부록이 보인다.

별책부록은 7년 차 책방이 되었지만 책방을 안정적으로 시스템화하려 노력한 건 지금 자리로 이전한 후부터였다.

두 명의 스텝을 두고, 이전 책방 자리는 워크숍 공간으로 꾸렸다. 현재 서점과 워크숍 공간을 분리해 운영 중이다. 별책부록이 꾸준히 운영하는 프로그램만 해도 10개 이상이다. 일시적으로 열리는 클래스까지 합치면 20개 내외다. 특히 독립출판계서 꾸준히 사랑받고 있는 최유수 작가와 별책부록 운영자가 함께 진행하는 「북메이킹 클래스」가 눈에 띈다. 운영자가 직접 참가자들의 반응도 살피고, 직접 소통하는 시간이기도 하다.

"클래스를 들으러 오시는 분들에겐 첫 번째 책이니 더 신경이 많이 쓰이는 것 같아요."

책방에서 프로그램을 운영하는 일은 그리 쉽지 않다. 강사 섭외부터 안내물 디자인, 홍보, 모객, 참가자 확인, 준비물 확인은 물론 청소까지 모두 책방 운영자가 해야 한다.

"여러 프로그램을 운영하며 가장 힘든 점은 뭐예요?"

"강사 섭외와 모객이죠."

"강사 섭외는 어떻게 하세요?"

"프로그램 기획 후에 소개를 받는 경우도 있고, 이미 저와 관계가 있는 상태에서 잘할 수 있겠다 싶은 생각이 드는 분이 계시면 먼저 말씀을 드리기도 해요."

"모객은 항상 어려운 것 같아요. 쉬웠던 적이 없어요."

"많은 책방이 그렇겠지만 모객이 많이 신경 쓰여요. 참가자가 너무 적으면 운영하기 힘드니까요."

책방도 프로그램도 무언가를 꾸준히 운영한다는 건 대단한 일이다.

"저희 워크숍은 초심자를 위한 클래스가 많아요. 심화반을 하고 싶기도 한데 좀 더 제대로 준비해야죠."

그리고 별책부록은 2016년 4월 영화 비평 매거진 『cast』 발행을 시작으로 꾸준히 출판도 하고 있다. 캐스팅(casting)하다에서 착안해 이름 지은 cast는 매호 새로운 주제로 영화에 관한 모든 것, 영화 그 이상의 이야기를 다룬다. 영화를 전공한 책방 운영자의 영화에 대한 애정이 드러나는 매거진이다. 영화라는 매체가 탄생한 이후로 가장 뛰어난 스토리텔러 자리를 빼앗긴 듯 보이지만 영화와 책은 뗄 수 없는 관계가 되었다. 아마 서로 다른 매력을 지닌 스토리텔러로서 서로에게 영감을 주고받는 사이가 된 게 아닐까. 영화를 책으로 이야기 한다는 것은 그래서 더

욱 매력적이다. 이외에도 독립출판 작가와 디자이너와 협업을 통해 새로운 형태의 출판물을 펴내고 있다.

"앞으로 출판도 꾸준히 하고 싶어요. 천천히 준비해야죠."

가끔 우린 부록으로 만난 책이나 물건에 마음을 빼앗긴다. 부록은 주인공을 빛내는 조연처럼 보이지만 따로 엮어 만들 만큼 존재감이 크다. 책방 별책부록도 누군가에겐 부록처럼 만났지만 쓸쓸할 때, 허전할 때, 기쁠 때, 행복할 때 찾는 주인공 책방일지 모른다.

전시하는 책방

# 보안책방

@boanbooks
서울시 종로구 효자로 33, 2층
화~금 12:00~20:00, 주말 12:00~19:00, 월 휴무

최근 경복궁 옆 서촌에 새로운 책방이 많이 생겼다. 그리고 아직도 책방을 열고 싶다는 사람 중 셋의 한 명은 서촌이었으면 좋겠다고 말한다. 개조한 한옥과 산업화 시기 지어진 주택과 빌딩 사이 인왕산과 경복궁이 보이는 고즈넉한 분위기 때문일까. 미술관, 갤러리, 공방과 함께 작은 책방이 서촌을 이루는 요즘이다.

몇 년 전부터 서촌에 동경하는 공간이 생겼다. 서정주 시인이 오랜 시간 머물면서 최초의 문학동인지 『시인부락』을 창간한 곳이자 김동리, 이상, 윤동주 그리고 이중섭 등이 거쳐 간 보안여관이다. 80여 년 동안 여관으로 쓰인 건

물을 고쳐 2007년 문화공간으로 다시 태어났다. 보안여관은 쇠락한 여관의 냄새와 동시대를 살아가는 아티스트의 작품이 뒤엉켜 새로운 역사를 써나가고 있다.
서정주 시인이 머물렀을지 모를, 이상이 쉬어갔을지 모를 여관 방의 나무문에는 아직도 패찰이 달려 있고, 복도 끝에는 공동화장실과 이층으로 이어진 나무계단도 그 시절 그 모습으로 남아있다. 삐거덕 거리는 나무계단을 오르면 또 다른 복도와 방에서 전시가 이어지고, 옆으로 아트 스페이스 보안1942다. 보안1942는 카페, 책방, 게스트하우스를 포함하는 공간으로 문화숙박업을 표방하는 곳으로 2017년 문을 열었다.
오랜만에 서촌을 찾은 나는 보안여관으로 들어가 전시를 관람하고, 작은 다리를 건너 보안1942에 있는 보안책방에 머물렀다가 일층 카페 33마켓에서 차를 한 잔 마셨다. 일

층에서 올라와 보안책방을 거쳐 보안여관의 전시를 관람하는 것도 좋지만 전시부터 관람하는 것을 추천한다. 동선이 달라지면 공간의 경험도 달라지니까.

보안책방은 경복궁 영추문을 정면으로 바라보는 면에 큰 창을 두고, 서가와 책 테이블로 간결하게 공간을 구성했다. 책 테이블도 의자도 소품도 간편히 이동할 수 있는 구조다. 종종 책방에서 전시가 열리기 때문에 유연한 공간 배치를 위해서기도 하다. 지금은 전시가 없지만 책방에서 전시가 있을 땐 책방이 전시장으로 변한다. 보안책방이 보안여관 구관과 신관 지하 일층 전시장 사이에 끼어있어 브릿지 공간으로서의 역할을 한다.

"전시도 함께 여는 책방으로 무엇을 가장 신경 쓰나요?"

"책방이 전시의 흐름을 깨지 않고 브릿지 역할을 충분히 해내는 게 중요해요. 하지만 동시에 책방을 전시장의 한

공간으로 받아들이면 책방의 안정화를 방해할 수 있어서 책방만의 분위기를 간직하면서도 전시와 어울리는 방법을 고민하고 있어요."

전시마다 비정기적으로 열리는 이벤트성 책방이라고 생각하는 손님도 있어 책방 입장에선 고민이 될 지점이다.

하지만 보안여관이 지향하는 문화예술 플랫폼으로서의 역할(see, sleep, eat, read, walk) 중 읽기라는 한 축을 담당하는 보안책방은 유기적이면서도 안정적으로 책방의 역할을 하고 있다는 생각이 들었다. 서가의 배치와 구성이 시시때때로 변화하는 것도 재밌다.

"보안여관이라는 복합문화공간에서 책방은 원하든 원하지 않든 브릿지 역할이자 안내 데스크의 역할을 해요."

복합문화공간에서 이미지와 텍스트의 혼합물인 책이 좋은 매개체가 되었다.

기다란 테이블 뒤 큰 창으로는 경복궁의 변하는 계절이 그림처럼 보였다. 나뭇잎이 떨어지고, 새잎이 돋고, 푸른 잎이 되고, 노랗게 물들어가는 계절의 모습이 어떤 공간의 꾸밈과 비교할 수 있을까.

"엘피판도 판매 하나 봐."

"이 턴테이블 작동 하는 건가?"

"나 어릴 때 우리 집에 있던 거랑 비슷하게 생겼다."

책방에선 책과 아트상품, 아트 프린팅 그리고 엘피판을 판매한다. 벽면 곳곳에 붙은 아트 프린팅과 엘피판의 표지가 더욱 전시장처럼 보이게 했고, 젊은 청춘들에겐 호기심을 불러 일으켰다.

책은 미술과 영화, 건축, 이미지, 삶, 그리고 약간의 소설과 에세이가 있다. 다양한 분야의 많은 책을 다루기보다 보안여관이 지향하는 방향의 책 중심으로 다룬다.

서가 곳곳엔 작은 메모가 붙어 있다. '꿈' 서가엔 "네 아직 꿈을 온전히 깨지 못하였도다. 장주가 꿈에 나비 되었다가 나비가 다시 장주가 되니 무엇이 거짓이며 무엇이 진짜인지 분변하지 못했다."는 김만중의 『구운몽』에 나오는 구절이, '예술' 서가엔 "당신 곁을 떠나는 것 말고는 아무것도 걱정하지 않아요. 당신은 내 종교예요. 당신은 내가 가진 전부라고요."라는 어니스트 헤밍웨이의 『무기여 잘 있어라』 구절이 붙어 있다. 서가를 설명하는 긴 문구보다 책 속 한 두 문장이 서가의 성격을 상징적으로 보여주고 있었다. 한쪽 서가엔 재밌는 큐레이션 코너가 있었다. 누군가의 서가에 꽂힌 책을 옮겨 전시로 구성 한 '타인의 서가'다. 지금은 사람이든 물건이든 편애하는 경향이 있는 누군가의 서재였다. 독서도 편애하는 그의 서가를 훔쳐보고, 나의 서가와 비교했다. 대부분 장르문학이었고, 스릴러와 판타

지가 섞여 있었다. 나의 서가엔 꽂히지 않을 책이 많았지만, 내 서가에 이미 꽂힌 책도 있었다. 단편소설을 유난히 좋아하는 내가 최고의 과학소설 단편집으로 꼽는 『당신 인생의 이야기』다. 세계를 만든다는 건 어떤 일일까 생각하며 이 책을 읽고 참 많이도 추천했다.

"타인의 서가는 어떻게 선정하나요?"

"지금까지 타인의 서가는 책방에서 제가 우연히 연을 맺거나 만나게 된 분들에게 부탁을 드렸어요. 예를 들어 지금 타인의 서가 주인공이신 정진원님의 경우 보안책방에 잡지 사진을 찍으러 오셨다가 저와 얘기를 짧게 나누었거든요. 추리소설을 굉장히 좋아하신다고 하셔서 기억하고 있다가 반 년 지나 부탁을 드리게 됐죠. 책과 관련된 분이 아닌 보통 분들의 특별한 서가를 만들어 보고 싶었어요. 다른 사람 집에 놀러 가서 선물 같은 책을 발견하듯요."

사람들이 나의 서가를 본다면 어떤 책을 발견할까. 나의 책방과 나의 서재에 꽂힌 책은 조금 다르다. 판매하는 책과 나누고 싶은 책, 소장하는 책과 공부하기 위한 책이 다르다. 책 읽는 즐거움을, 책을 발견하는 즐거움을 나누는 것이 지속가능한 책 문화 발전의 시작이다.

보안책방도 보안여관과 함께 오래도록 이곳에 그대로 남아 백년 후, 또 다른 역사가 될 수 있지 않을까. 계절에 어울리는 책 한 권을 발견해 그림 같은 창가 앞에 앉아 읽어보자.

아름다운 서가가 있는 서점

# 부쿠

@buku.bookstore
서울 종로구 인사동길 49, 안녕인사동 4층
매일 10:00~22:00, 설 · 추석 당일 휴무

지금은 인사동으로 자리를 옮긴 부쿠. 처음 방문했던 부쿠는 성북동에 자리했을 때였다.
서울에서 좋아하는 동네를 꼽으라면 성북동을, 좋아하는 장소를 꼽으라면 매번 한 손에 드는 곳이 길상사다. 길상사는 뜰과 산책길이 매우 아름답고, 백석의 이야기가 있는 곳이다. 그런 길상사와 멀지 않은 곳에 한국에서 가장 아름다운 서점이라 불리는 책방이 부쿠였다. 2017년 10월 성북동 정원이 있는 유럽식 건물을 개조하여 문을 연 후, 연일 아름다운 서점이라 불리었다.
서점은 고즈넉한 성북동 언덕 위에 고상하게 자리했었다. 계단을 올라 책방 문을 열고 들어서면 사진에서 보던 서가가 보였다. 짙은 나무색으로 촘촘히 짜인 서가는 북 큐레이터가 고른 책들이 빼곡했다. 서가 앞에 놓인 까만색 철제 사다리와 오래된 가스등을 닮은 조명이 분위기를 더하고 있었다.
베이커리와 카페를 겸하고 있는 부쿠는 봄, 여름, 가을과 겨울, 계절에 따라 공간을 다르게 꾸몄다. 특히 책을 올려두는 테이블과 차를 마시는 테이블의 배치가 변했다.
날씨가 따뜻한 계절엔 서점과 연결된 마당을 한껏 활용할 수 있어 유연해 보이는 공간이었다. 마당에선 성북동을 둘러 안은 하늘과 둘러쌓은 집들이 보여 동네를 즐기기 좋아, 계절에 따라 변화하는 성북동의 모습을 그대로 볼 수 있는 서점의 창가 앞자리는 매일 인기였다. 비 오는 날이

면 창에 부딪히는 빗방울 소리가 들리고, 바람 부는 날이 면 성북동 나무들의 손짓이 모두 보였다.

부쿠는 '책 읽어주는 남자'이자 에세이스트 전승환 작가가 운영하는 서점이다. 책 읽어주는 남자는 페이스북 페이지로 시작하여 지금은 책 좋아하는 사람이라면 모르는 사람이 없는 서비스가 되었다.

"책 읽어주는 남자는 회사에 다니며 시작했어요. 원래 책을 좋아하다 보니까 책 속 글귀를 꾸준히 소개해주는 콘텐츠를 만들어 보고 싶었어요. 그냥 재밌어서 시작한 거예요."

"책방은 어떻게 시작했어요?"

"책방을 해보고 싶다는 생각을 곧잘 했어요. 그러다 운 좋게 시작했고요. 사실 저는 아직 직장인이고, 지금은 휴직 중이에요. 곧 회사로 돌아가야 하는데, 사실 고민이에요."

부쿠 운영자는 회사에 다니며 책방을 열고, 글을 쓰며 콘텐츠를 기획하는 운영자였다. 회사와 책방, 책방과 글쓰기, 글쓰기와 콘텐츠 기획. 그 어디쯤에서 조금 동질감이 느껴졌다. 아니 동지애인가.

"재밌는 일들이지만 정말 바쁘겠어요."

"혼자였다면 못했겠지만, 함께 하는 사람들이 있어 가능했어요."

사실 부쿠는 네 명의 북 큐레이터가 운영한다고 해야 옳다. 네 명의 북 큐레이터는 각자 책을 고르고, 책을 소개한다. 책을 소개하는 방법도 북 큐레이터마다 다르다. 책 읽어주는 남자 플랫폼을 통해 알리기도, 책 표지에 직접 메모를 남기기도, 책 안에 밑줄을 긋기도 하며 자신만의 방식으로 책을 선보인다.
그래서인지 서가 곳곳에 재미있는 큐레이션 캡션이 돋보인다. 성북동 부쿠에서 가장 눈을 끌었던 건 시원한 맥주나 음료를 보관해야 할 것만 같은 냉장고에 'Fresh Book'이라는 이름으로 신간 도서를 소개하는 코너였다. 냉장고 서가엔 곽명주 작가의 그림이 여유롭게 보이는 『나는 그것에 대해 아주 오랫동안 생각해』와 유즈키 아사코의 『나는 매일 직장상사의 도시락을 싼다』 등이 가지런히 놓였다. 신간 도서를 신선하다고 표현하다니. 책의 신선함이 독자에게 공감각적으로 전달되도록 책장이 아닌 냉장고에 넣은 위트에 즐겁다.
'어느 날 갑자기 어른이 되었다' 코너는 책방을 찾은 많은

사람이 가장 오래 머물렀다. 어느새 어른의 나이가 되어버린 자신에 당황하는 사람, 내가 어른인지 헷갈리는 사람, 좋은 어른이 되고 싶은 사람, 어른이 되어가는 사람, 그렇게 많은 어른 혹은 어른이 되어가는 우리에게 작은 위로와 응원을 전하는 서가다.

'음식으로의 여행'과 '커피, 빵, 서점에 관한 이야기'란 코너는 빵과 커피를 판매하는 부쿠와 잘 어울렸다. 부쿠는 이렇게 이야기한다.

"세상에서 가장 맛있는 시간은 남이 쓴 커피와 빵 그리고 서점 이야기를 읽는 시간이에요."

나에게 세상에서 가장 맛있는 시간은 언제일까? 시간 가는 줄 모르고 읽는 이야기와 씁쓸 달콤한 커피를 마시는 시간이지 않을까. 책과 커피가 함께하는 시간보다 더한 맛있는 향긋함이 있으랴.

부쿠는 독립출판물은 조금 다루고, 기성출판물은 부쿠만의 큐레이션을 통해 서가를 구성한다. 차별화된 서가를 만들기 위해 북 큐레이터들은 매일 고민한다. 또 책을 고르는 것도 중요하지만 어떻게 보여주면 책의 특성이 잘 나타날지 고민했다.

나는 서가에서 에세이 한 권을 골랐다. 부쿠의 분위기와 닮은 책방 운영자의 책이다. '우리는 늘 행복을 꿈꾼다. 지금, 이 시간이 행복이란 것도 모른 채. 시간이 흘러 지금 이 순간이 행복했던 시절이라고 말하게 될 줄 알면서도 행복해지고 싶다고 말한다. 그렇게 현재의 행복이 버스의 차창 밖 풍경처럼 물 흐르듯 사라져 간다.'는 문구가 제일 먼저 보였다.

"저는 행복한 글을 쓰고 싶어요."

라고 말하는 작가와 책방이 나아가는 시간처럼 느껴졌다.

그리고 2019년 10월, 부쿠는 성북동을 떠나 인사동으로 옮겼다. 아름다운 서점으로 인기를 끌었던 부쿠가 왜 이전하게 되었는지 궁금했다.

"좀 더 많은 분들에게 부쿠를 경험하게 하고 싶었어요. 성북동은 좋은 경치와 고즈넉한 느낌이 있었지만 조금 외진 곳이라 교통이 불편했기에 접근성이 좋은 인사동으로 터를 옮기게 되었습니다."

성북동 부쿠와 인사동 부쿠가 서가의 분위기는 비슷하지만 가장 다른 점은 도서 종수와 큐레이션이다. 인사동 부쿠가 성북동 부쿠의 약 2배에 가까운 도서를 구비하고 있고 독립출판물부터 매거진까지 다양한 큐레이션을 선보인다. 또한, 굿즈와 여러 펜시 상품까지 구비하고 있었다.

"손님들이 인사동 부쿠를 찾았을 때 더욱 다채롭고 즐거운 독서 경험을 하실 수 있도록 준비했어요."

© 부쿠

여전히 큐레이션에 집중하고 있는 부쿠. 날씨가 맑다면 맑은 대로, 날씨가 흐리다면 흐린 대로, 날씨가 짓궂다면 짓궂은 대로 좋은 인사동에 나설 때면 부쿠에 들려보자. 성북동과는 다른 인사동의 부쿠도 충분히 아름답다.

## 한 달에 한 도시로 떠나는 여행책방

# 사이에

@saiebook
서울시 마포구 성미산로31길 13, 2층
월~금 10:00~20:00, 토 14:00~19:00, 일 휴무

2018한국서점편람 조사 결과를 살펴보면 복합서점, 독립서점, 큐레이션 서점, 트렌드 서점 등을 포함한 기타서점이 전국 301개, 그중 서울이 133개로 가장 많았고, 마포구, 종로구, 용산구 순으로 작은 책방이 많은 것으로 나타났다. 그리고 마포구에서 책방이 가장 많은 곳은 연남동이다.

연남동은 홍대입구역부터 행정 지역이 서대문구로 넘어가는 연희동까지로 골목마다 작은 책방이 곳곳에 있다. 그중 평소에 가장 궁금했던 책방에 방문했다. 한 달에 한 도시의 책을 소개하고, 한 도시로 여행을 떠나는 여행책방 사이에다.

사이에는 연남동 동진시장을 거쳐 중국 요릿집과 카페들을 지나 조금은 한적한 골목에 들어서야 보인다. 책방은 깨끗한 하얀색 건물 이층에 자리했다. 통 유리창으로 책방

깊숙이 들어오는 햇빛 때문인지 밝고 따뜻한 분위기였다. 햇빛 좋은 날뿐만이 아니라 눈이나 비가 오는 날도 한없이 좋은 장면을 만들어 줄 창을 가진 책방이었다.

커피와 몇 개의 음료를 판매하지만, 여느 카페처럼 앉아서 차를 오래 마실 수 있는 테이블은 없었다. 책을 고르고 잠시 머물다 가는 책 손님과 책방에서 열리는 프로그램 참가자를 위한 것이다.

"왜 여행 책방이라 이름 붙이셨어요?"

"제가 가장 좋아하는 일이 뭘까? 생각해보니 여행이었어요. 여행하는 기분으로 일할 수 있는 공간을 만들고 싶었어요."

어린이 출판 일을 함께하는 운영자는 책방 옆에 사무실을 두었다. 책방으로의 출근인지 회사로 출근인지 헷갈리겠지만 하루하루가 여행을 가는 기분일지도 모르겠다.

사이에는 주인장이 북토크, 여행, 서가 큐레이션, SNS 등을 혼자 운영한다. 혼자 하다 보니 여러 사람들의 의견이 정말 필요하다. 그래서 책방의 다양한 업무를 함께 할 주말 책방 스태프를 구했다. 지금은 다양한 아이디어를 스텝과 함께 이야기하면서 의견을 나눈다. 아이디어를 나누고, 결정을 함께하는 누군가가 있다니 축복이라는 생각이 들었다. 또 주말에는 남다른 여행이라는 주제로 여행작가들과 매주 책방에서 즐거운 여행을 떠난다.

'가게를 하고 있으면 결단의 매일이다. 이 방식은 잘못됐을지도 몰라. 저쪽 길이 옳았을지도 몰라. 하루하루 후회의 연속이라 무심결에 효율이니 성능대 가격비니 하는 말 따위에 현혹되고 만다. 그럴 때 헤매는 과정에서 좋은 인연을 만나기도 하고 귀중한 물건을 얻기도 한다는 사실을 마음 어딘가에 새겨두면 헤매는 일도 즐거워지고 마음도

편안해진다.'는 『아무도 없는 곳을 찾고 있어(오쓰카 이치오, 정은문고)』의 문구가 떠오르는 지점이다.

책방에 들어서면 제일 먼저 오른쪽 벽면에 한 달에 한 도시를 소개하는 책 선반이 있다. 아이슬란드, 제주, 교토, 포틀랜드, 홍콩, 피렌체, 파리, 치앙마이 등 그동안 많은 도시가 거쳐 갔다. 제주를 소개하던 달에는 내 두 번째 책 『바다 냄새가 코끝에』도 함께 소개되었다. SNS를 통해 소식을 알고 무척이나 기뻤다. 나의 책이 누군가에 의해 또 다른 누군가에게 소개되다니. 막상 책이 출간될 때는 별다른 기분이 없다. 그런데 누군가 내 책을 이야기할 때면 기분이 이상하다. 제일 먼저 생기는 기분은 기쁨, 그다음은 신기함, 그리고 점점 말하기 어려운 오묘한 기분이 들곤 한다.

사이에는 이처럼 도시를 주제로 한 여행 에세이와 소설, 인문 등의 책을 소개하고 판매한다. SNS에도 함께 소개하

여 책방에서 책을 판매하는 것 외에 좋은 책을 여러 사람에게 알리는 것을 목표로 한다. 좋아하는 도시는 관련 책을 찾아 읽어보는 나다. 미처 발견하지 못했던 책을 소개해주어 찾아 읽은 적이 있다.

서가는 유럽 여행, 아시아 여행, 아프리카 여행 등으로 구성했다. 분야에 관계없이 책을 모았다. 한 쪽에는 스텝들의 이름으로 서가가 꾸려졌다. 이름하여 4인 4색 큐레이션. 개인의 취향이 드러났다. 사이에는 독립출판물을 취급하지 않지만 꽤 괜찮다고 생각하는 여행관련 독립출판물은 책방 한편에 모아 소개하고 있었다.

여행 책방이라는 이름에 걸맞게 사이에는 사람들과 함께 책방 여행도 떠난다. 도쿄 책방 여행, 대만 책방 여행은 물론 치앙마이 카페 여행, 베트남 쌀국수 여행 등 재미있는 주제로도 여행을 떠난다. 2018년에는 비정기적으로 여행

을 떠났고, 2019년 상반기에는 두 달에 한 번, 하반기에는 매달 한 번의 여행을 떠나고 있다. 도쿄, 피렌체, 포틀랜드, 타이베이 등 여행지도 다양하다.

여행은 여행을 떠나는 도시의 관련 책을 쓰거나 그 도시를 잘 아는 여행 작가와 함께 떠난다. 여행지에선 사람들이 몰리는 관광지가 아니라 숨은 장소를 찾고, 쿠킹 클래스를 하고, 책 이야기를 하고, 심리 치유 대화도 나눈다. 새로운 시각으로 여행하고 낯선 곳에서 다양한 프로그램을 경험하여 그런지 참가자 만족도가 높다. 더군다나 여행을 다녀와서 여행에서 찍은 영상 시사회를 열고, 여행 사진으로 작은 책자를 만들어 준다. 내가 찍은 여행 사진이 아니라 여행지에서의 내 모습은 여행의 생생한 기억과 함께 내가 보지 못한 여행의 장면도 기억하게 한다. 사실 내가 기억하는 여행의 장면은 내가 빠진 장면이니까. 여행자에게 여행자의 장면을 선물하다니 여행의 만족도가 높아질 수밖에 없다.

그리고 사이에 운영자는 팟캐스트와 유튜브도 진행한다. 처음엔 팟캐스트를 시작했지만 올해 유튜브 채널도 함께 열었다. 책방을 플랫폼 삼아 다양한 활동을 이어나가는 중이다.

"인문학과 문학은 독자들과 만남이 비교적 쉽지만 여행 작가의 경우 독자들과 소통하기 힘들어요."

"매주 업데이트하는 게 보통 일이 아닌데 대단해요."

"처음 시작할 땐 힘들었죠. 지금은 최대한 편집 없이 자연스럽게 하려고 해요."

최근 유튜브를 운영하는 책방이 많아졌다. 하지만 비슷한 콘텐츠가 많은 것이 사실이다. 책방의 일상을 공유하는 신변잡기거나 제대로 큐레이션하지 않은 독립출판물과 책을 소개하는 채널이 많다. 처음 독립출판물을 소개하는 북튜버가 등장했을 땐 흥미로웠을지 모르나 책 소개 자체도 중복되기 일쑤고, 책방에서 운영하는 SNS와도 별반 다르지 않다. 하지만 사이에는 여행 작가들과 함께 도시, 여행, 책을 이야기한다. 무겁지 않지만 결코 가볍지 않다.

서가에서 김연수 여행 산문집 『언젠가, 아마도』를 골랐다. 나도 언젠가, 아마도 사이에와 여행을 떠나고 싶다. 작가보단 여행자로. 책방 여행도 좋고, 카페 구경도 좋고, 공원 탐방도 좋고, 어떤 여행이라도 좋겠다. 책을 좋아하는 사람, 고양이를 좋아하는 사람, 커피를 좋아하는 사람, 글쓰기를 꿈꾸는 사람, 어떤 사람도 공감할 수 있는 여행이 될 것이다. 낯선 사람들과 낯선 도시로 떠나 만나는 낯선 하루가 벌써부터 기대된다.

여행 작가의 감성으로

# 새벽감성1집

@dawnsense_1.zip
서울시 양천구 월정로50길 16-8, 101호
평일 12:00~21:00, 주말 13:00~19:00, 수 휴무, 때때로 휴무

여행을 좋아하는 사람이 많아서인지, 여행책이 많아서인지 유독 여행을 콘셉트로 한 책방이 많다. 하지만 여행책방이라는 이름을 내건 책방이라도 서로 다른 여행을 말한다. 작은 책방은 운영자의 정체성과 가치관, 취향이 오롯이 묻어나기 때문이겠다. 여행 작가보단 여행자가 되기로 한 나 역시 여행 책방이 흥미롭다. 이 책방엔 어떤 여행 이야기가 있을까. 오랜만에 여행 책방을 찾아 나섰다. 강서구와 양천구의 경계, 빌라와 원룸이 빼곡히 들어찬 골목에 자리한 새벽감성1집이다.

새벽감성1집은 『인조이 유럽』, 『인조이 파리』 등을 쓴 여행 작가가 운영하는 책방이다. 운영자는 책방보다 먼저 같은 이름의 독립출판사를 먼저 시작했다. 책방 이름도 출판사 이름도 새벽감성인 게 궁금했다. 나는 여행을 떠올리면 쏟아지는 햇빛과 눈이 시린 하늘이 생각나는 감성이므로.

"출판하자고 마음먹었을 때가 새벽이었어요. 그래서 그때 감성을 그대로 새벽감성이라는 이름을 지었어요."

새벽에 깨어 있는 소수 사람을 위한 책을 만들어 보자 하는 생각과 어쩌면 새벽에 깨어 있는 사람들이 다른 사람의 감성을 채워줄 수 있는 것이 아닐까 하는 생각으로 이름 지었다고 한다. 그리고 출판사 이름을 만들었던 그 모든 생각과 감성과 의미를 하나로 묶은 압축 폴더가 바로 책방 이름인 새벽감성1집이다.

"새벽감성_1.zip 이 원래 책방 이름이었어요. 책방 이름으

Happy birthday

로는 딱딱한 느낌이 들어서 한글로 1집이라고 바꾸었습니다. 그런데 한글로 새벽감성1집이라고 붙이니, 또 다양한 의미가 생겨나더라고요. 음반의 1집 2집처럼 내가 좋아하는 책을 트랙으로 구성해 놓은 공간이라는 의미로 쓰이게 되었고, 하우스란 의미의 집으로 하나의 집이라는 의미도 생겼죠."

운영자는 강서구에서 태어나고 자랐고 지금도 살고 있다. 책방 위치도 처음엔 강서구인 줄 알았으나 계약할 때 보니 양천구였다고 한다.

"정말 동네 책방이네요. 내가 살아 온, 살아가는 동네에서 책방을 하면 어떤 점이 좋아요?"

"집에서 도보로 10분 정도면 올 수 있고, 부모님 댁, 동생네 집에서도 10분 이내 위치에요. 중고등학교를 함께 나온 친구들이 여전히 살고 있어서 좋고요. 그들이 자주 책방을

찾진 않지만 든든해요. 무슨 문제가 생기면 주변에서 도와 줄 것이라 믿음이 느껴지는 곳입니다."

오랜 시간 변화하는 동네와 함께해 온 운영자이기에 동네 사람들도 부담 없이 들를 수 있는 동네 책방이다. 평일 점심시간엔 커피 손님이, 주말엔 여유롭게 오후를 보내기 위해 들르는 동네 손님이 많다.

"처음 문을 열고 6개월은 휴무 없이 운영했어요. 그리고 이후에 수요일을 휴무로 정했죠. 수요일이 동네 손님이 가장 적더라고요."

새벽감성1집 1층은 책방으로 다락방은 카페로 꾸며져 있다. 책방 곳곳엔 고양이 소품과 고양이 책이 있고 가끔 진짜 고양이도 책방을 오간다. 책 종수가 많거나 분야가 다양하지는 않다. 하지만 여행분야 독립출판물 위주로 서가가 구성되고, 북토크, 클래스 등도 여행을 키워드로 운영되므로 여행에 관심 있거나, 여행을 좋아하거나, 여행 작가를 꿈꾸는 이들에겐 흥미로울 책방이다. 또한 운영자가 좋아하는 책이나 하고 싶은 이야기를 담아 책을 소개하고 있었다. 서가 한 편에는 운영자가 쓰고 만든 책들이 가지런히 놓였다. 독립출판사를 운영하며 펴낸 책들이다. 독립출판사의 첫 책은 세 번이나 다녀온 산티아고 순례길 에세이다.

얼마 전 파주의 출판 물량창고 하나가 화재로 전소되었다. 이때 새벽감성에서 펴낸 모든 책도 함께 사라졌다. 위로금을 조금 받았고 1년 간 적은 비용으로 물류 창고를 사용하기로 했다. 1년간 번 돈을 모두 날린 기분이었지만 덕분에 잠시 주춤했던 책에 대한 열망이 더 커졌다고 한다. 이를 계기로 산티아고 순례길 에세이도 개정판을 냈다.

"우선 제일 판매가 많이 되었던 책은 펀딩을 오픈해서 제

작 시간을 벌고, 다시 물류창고를 결정하는 것에도 시간을 끌면서 재고 소진을 했어요. 어느 정도 성공적이라 다행이라고 생각해요."

다락방은 음료 주문 후 이용이 가능하다. 커피와 맥주가 있고 간단한 요깃거리를 판다. 더군다나 1만 원 이상 책을 사면 커피 한 잔이 무료라니. 책 한 권으로 커피 한 잔과 여행의 시간을 나에게 선물할 수 있는 곳이다. 나무 계단을 따라 올라간 다락방은 덩치가 크지만 귀여운 곰돌이 인형이 반긴다. 새벽감성1집의 마스코트다. 다락방은 층높이가 낮아 더욱더 아늑했고, 따뜻한 조명과 폭신한 쿠션이 편안했다. 북토크나 각종 모임도 다락방에서 진행된다고 한다.

커피 한 잔을 들고 올라선 다락방에서 떠나지 못한 여행을 아쉬워하며 여행책 한 권을 읽기 좋다. 책으로 떠나는 여

행도 충분히 설레니까.

"작가로서와 서점 운영자로서 다른 점은 뭐에요?"

"작가일 때는 떠돌이이었어요. 서점 운영을 하니 직장인이 된 기분이에요."

많은 서점 운영자가 공감할 부분이다. 서점 운영은 보기보다 하는 일도 많고 예상치 못한 일도 많다. 정해진 시간에 문을 여닫는 일은 보통 일이 아니다. 더군다나 대부분의 작은 책방이 1인 또는 2인이 운영하기 때문에 그 피로도도 크다. 나도 처음 1년간은 책방 운영 시간에 대한 압박으로 힘들었다. 자유로워지고 싶어 퇴사했는데 회사생활보다 묶인 시간이었으니까. 하지만 이후 나만의 루틴을 만들고 시간을 정리하니 책방 직장인이 아닌 프리랜서로도 느껴지기도 한다.

"10년은 책방을 하고 싶다고 하셨는데 왜 10년인가요?"

"책방을 시작하면서 3~4년까지는 수익이 거의 없을 거라고 예상해요. 출판사도 그랬거든요. 3~4년쯤 지나면 수익이 조금씩 발생하고, 그 이후로 안정화 되면 저는 또 다른 일을 하고 싶다고 생각할 것 같아 10년을 생각했습니다. 그리고 오늘 우연히 책방에 들른 손님이 10년 후에 이 골목을 다시 지나갈 때 여전히 있는 책방을 보고 오늘을 추억했으면 좋겠고요."

자신의 가치를 높이기 위해, 자신의 행복을 위해 책방을 운영한다는 운영자. 10년 후, 아니 어쩌면 그보다 더 오랜 시간이 흘러도 골목을 밝혀주고 있을 것만 같다.

## 서울이란 도시의 모든 책

# 서울책방

URL : store.seoul.go.kr
서울시 중구 세종대로 110, 서울시민청 지하1층
월~금 08:30~20:30, 주말 09:00~21:00

나는 도시를 좋아한다. 서울, 도쿄, 상해, 홍콩, 뉴욕, 파리 등 대도시가 좋다. 물론 한적한 시골 마을이나 독특한 지역문화가 남아있는 로컬도 좋아하지만, 도시를 좋아하는 마음과는 차이가 있다.

곰곰이 이유를 생각해 보았다. 나는 왜 도시를 좋아하는가, 왜 도시의 이야기에 빠져 사는가. 화려한 도시의 모습, 풍부한 문화 자원, 편리한 생활 시스템도 좋지만 진짜 이유는 오랜 시간 축적되어 온 다양한 장소의 이야기, 사람의 이야기 때문이다.

특히 서울은 짧은 시간 격변이라 할 만큼 빠르게 변화한 도시다. 지금도 어느 장소에 가면 근대 모습부터 산업화 시기의 모습, 현대화된 오늘날까지 함께 있다. 하지만 너무 빠르게 변화한 탓일까. 서울의 시간을, 모습을 온전히 기록한 자료를 찾기는 힘들다. 그래서 계절이 지날 때마다

들리는 책방이 있다. 내가 가장 사랑하는 도시, 서울의 모든 것이 있는 서울책방이다.
서울책방은 개인이 운영하는 책방이 아니라 서울시에서 운영하는 책방으로 서울시민청 내에 위치한다. 공정무역 카페, 편집숍, 전시공간, 휴식공간이 있는 곳으로 다양한 계층과 연령의 사람이 오가는 중앙에 책방이 있다.
책방은 사방이 유리로 되어 있다. 밖에서 보면 유리벽을 따라 놓인 서가가 책 전시장처럼 보인다. 유리문을 열고 책방에 들어서면 많은 서울을 만날 수 있다. 내가 몰랐던 서울, 내가 잊었던 서울, 내가 사는 서울이다. 입구 옆 유리벽에는 서울 고지도와 현재 서울을 그린 일러스트 지도가 붙어 있다. 같은 도시의 지도인가 싶지만 천천히 살피면 고지도 속에서 북악산도 인왕산도 목멱산(남산)도 청계천도 종로도 광화문도 북촌도 서촌도 보인다. 너무 많이 변

한 서울이지만 고지도 속 서울이 모두 사라진 것은 아니었다. 그때의 서울도 지금의 서울도 함께 남아있다.

서울책방은 이름 그대로 서울을 파는 책방이다. 책방 서가는 책방 이름만큼 온통 서울이었다. 서울의 과거, 현재, 미래 혹은 여행, 역사, 관광, 건축, 미술, 문화, 환경, 자연, 축제, 주거, 책방, 시장, 문화재, 스포츠 그리고 사람까지. 서울의 모든 것이 있다.

특히 서울의 다양한 주제로 여러 기관에서 만든 보기 힘든 책이 많다. 서울역사편찬회, 서울연구원, 서울역사박물관, 서울시립미술관 등 서울시 산하 단체에서 발행한 자료집과 도록을 유일하게 구매할 수 있는 책방이다. 더군다나 구하기 힘든 책들로 그 가치는 높으나 책 가격은 매우 저렴하다.

"나 88서울올림픽 개막식에 갔었어."

"동대문운동장에 야구 경기 보러 갔었는데."

"빽판 사러 청계천을 많이도 다녔지."

"신림동에서 자취했었는데."

"광장시장 안에 그 가게가 아직 있나?"

서울에서 나고 자란 혹은 살았든 또는 사는 사람은 자연스레 추억에 젖는다.

책 테이블에 놓인 88서울올림픽과 동대문운동장의 모든 기록이 있는 자료집은 나의 시간이기도 서울의 시간이기도 했다. 특히 동대문운동장은 아주 어릴 적엔 야구 경기를 보았고, 조금 커서는 아빠 손을 잡고 풍물시장을 구경했고, 조금 더 커서는 철거와 공사 과정을 지켜봤고, 직장

생활 중엔 동대문디자인플라자 관련 업무도 했다. 어떻게 보면 개인의 역사와 도시의 역사는 다르지 않다.

"이 게임팩 알아? 동생하고 서로 먼저 하겠다고 많이 싸웠어."

"아직 집에 카세트테이프 있어. 이 엘피판은 나도 샀었는데."

일명 빽판이라 불리는 엘피판과 카세트테이프 자료집 『메이드 인 청계천, 대중문화 빽판의 시대』는 지금의 삼사십 대를 정말 순식간에 십 대로 돌아가게 만든다. 그래, 그땐 그랬다. 라디오에서 나오는 음악을 빈 카세트테이프에 녹음했고, 손으로 음악 목록을 적어 누군가에게 선물했다. 때로는 음악 제목으로 때로는 노래 가사로 마음을 전했고, 일본 밴드의 빽판을 사고 친구가 산 빽판을 다시 재녹음하여 듣기도 했다. 지금처럼 터치 한 번으로 음악을 들을 수

없던 시절이었다. 그래서인지 그때 들었던 음악을 들으면 그 시절의 장면이 쏟아진다. 책을 보다, 기억을 더듬다, 추억을 밟게 되는 책방이다. 그래서 책 한 장에 책 한 권에 오래 눈길을 주게 된다. 어디서도 살 수 없는 책과 자료가 많은 서울책방은 덤으로 추억까지 던져주었다.
서울책방에서 가장 인기 있는 책은 서울 곳곳의 산책로를 소개해주는 『서울 테마 산책길』 시리즈다. 어느새 세 권이나 나왔다. 봄에 한 권, 여름에 한 권, 가을에 한 권 들고 걸어도 좋을 산책길이다. 나의 서재에 꽂힌 두 권을 생각하며 세 번째 책을 꺼내 들었다. 언젠가 이 책 속 산책길을 모두 걸어 본다 다짐했다.
그리고 내가 좋아하는 시리즈는 서울생활문화자료조사집이다. 청파 · 서계동, 대치동, 청량리, 성수, 신촌, 홍대앞 등 서울 동네 곳곳의 역사와 문화, 사람들의 이야기를 담았

다.『문화발전소 홍대앞』에는 나도 문화공간 운영자로서, 창작자로서 인터뷰이로 참여하기도 했다. 어쩌면 중요하지 않다고 생각할 그저 그런 사람들의 이야기가 동네를 채우고 도시를 채운다. 개인의 작은 이야기가 도시의 역사를 증명하고 있었다.

햇빛 좋은 오후, 서울책방을 나와 청계천을 따라 걸었다. 가방은 묵직했고, 바람은 선선했다. 햇빛을 따라 서울의 모든 역사와 함께 한 청계천 길을 걸었다. 빽판을 사던 그 가게는 없어졌지만, 새로운 가게가 오늘의 서울을 새로이 만들고 있었다. 서울을 걷고 싶은 날, 시청 앞 지하철역에서 내려 서울책방에 들러보자. 서울책방에서 숨은 서울을 찾아 다시 길을 나서도 좋고, 청계천을 따라 헌책방 거리까지 천천히 오래 걸어도 좋다.

스페인이 그립다면

# 스페인책방

@spainbookshop
서울시 퇴계로36길 29, 기남빌딩 5층 603호
월~금 14:00~20:00, 토 13:00~18:00, 일 휴무

동네 책방들이 자신만의 콘셉트를 만들거나 특정 주제로 도서 큐레이션을 하는 것은 이제 매우 흔한 일이 되었다. 여행, 도시, 문학, 역사, 영화, 음악, 음식 등 주제도 다양하다. 이는 책방 운영자의 전문 지식이나 취향이 반영된 결과다. 잘 할 수 있는 일이 좋아하는 일로 연결되고, 좋아하는 일을 더 잘 할 수 있는 일이 되길 꿈꾸는 책방 운영자들이다. 이곳은 시도 때도 없이 스페인에 무슨 일이 있나 찾아보는 게 취미인 스페인 덕후가 운영하는 책방이다.

이베리아 반도에 위치한 나라 스페인. 한 번 간 사람은 누구나 다시 가길 꿈꾼다는 스페인을 주제로 독립출판물을 출간하는 다미안과 에바가 책방을 열었다. 매일 꿈꾸었던 그곳, 스페인을 책방으로 가져온 것이다. 그 이름도 스페인책방이다.

스페인책방은 충무로역에서 가까운 오래된 건물 5층에 위치했다. 바로 앞에는 한국문화의 집과 인근에는 남산 한옥마을이 있어 '왜 이런 곳에 스페인 책방을?' 의문을 가질지 모른다.

"책방이 의외의 곳에 있어요. 2층인 줄 알고 올라왔는데 5층에 있네요."

"스페인어 선생님이 이 건물 2층에 있어요. 그곳을 들락거리다 결국 이곳에 책방을 열었죠."

책방은 스페인 관련 서적과 취향대로 고른 독립출판물을 다룬다. 직접 못질하고 색을 칠해 만든 서가와 스페인의 햇살을 닮은 조명이 눈에 띄고, 고심해 고른 책이 단정하게 놓였다. 바르셀로나, 까미노 등 스페인 도시를 담은 책도 있지만 가우디, 피카소, 프리다 칼로와 같이 스페인 예술가의 책이나 스페인어로 쓰였던 소설과 에세이도 있다.

스페인 관련 서적 외에 스페인 국기와 소품도 곳곳에 보인다. 특히 스페인 산티아고 순례길을 걸으며 곳곳에서 받은 도장 수첩은 탐 날 정도였다. 많은 여행자가 인생에 한 번은 산티아고 순례길을 걸어야 한다고 말하니 참으로 궁금한 곳이다.

"지나가는 사람이 책방에 오긴 힘든 위치 같아요. 어떤 손님이 많이 오세요?"

"이름이 무척 직접적이다 보니 스페인이나 중남미에 관심 있는 분들이 많이 오세요. 그렇다 보니 판매도 그렇게 이어지는 것 같아요."

나는 몇 년간 스페인과 포르투갈 여행을 계획했다. 하지만 서울을 오래 떠날 수 없는 일들로 인해 매번 떠나지 못했다. 대신 여러 스페인 이야기를 훔쳐보려 책방을 찾았다. 아마 다른 방문자들도 나와 비슷한 이유거나 스페인을 잊

스페인책방

지 못해서 오는가 보다.

에바는 고등학교 때 건축가 가우디를 처음 알게 됐고, 이후로 점점 스페인을 동경했다. 한참을 지나 스페인에 가게 됐고, 더욱더 깊게 스페인과 사랑에 빠졌다고 한다. 어릴 적 음악적 재능을 발견한 뒤 뮤지션이 되고 싶었던 다미안은 출판사 몇 곳을 다니며 밥벌이를 하다 에바를 만나면서, 에바가 좋아하는 스페인을 자신도 자연스레 좋아하게 됐다. 그리고 이젠 에바와 스페인책방과 함께인 삶을 운영 중이다.

"사무실이 혼자서 일을 하는 공간이라면, 책방은 사람을

만나는 공간이잖아요. 책을 만드는 일도 너무 좋고 재미있는데, 책을 만들고 나서 가장 좋은 건 사람을 만나는 일이었어요. 다른 제작자를 만나고, 알아가고, 이야기 나누고, 또 다른 일을 꿍꿍이하고. 그런 것들이 너무 좋아요."

에바와 다미안은 충무로에 책방을 열기 전, 경의선 책거리의 작은 공간을 다른 다섯 팀과 함께 운영했다. 그때는 작은 공간이었지만, 좋아하는 작가의 책을 소개하고, 판매하는 일이 재밌고, 더 많은 책과 사람을 만나고 싶어 책방을 열었다고 한다.

인천의 북극서점 슬로보트 대표는 '사람들이 너무 좋아서, 내가 너무 좋아하니까 너무 좋은 곳이다.'라고 스페인책방에 대한 애정을 드러내기도 했다. 처음 스페인책방에 들르면 의아할지도 모른다. 엘리베이터도 없는 낡은 건물의 5층에 있는 작은 책방이기 때문이다. 하지만 책과 사람을 만

나는 일을 진짜 좋아하는 책방 운영자를 만나면 북극서점 대표의 말이 무슨 뜻인지 이해하게 된다.

스페인책방이 누군가의 아지트, 사랑방, 숨 쉴 수 있는 공간이 되길 바라며 다양한 스페인 관련 모임도 연다. 대부분 모임이 평일 저녁에 이뤄지며 소규모로 운영된다. 스페인 여행에서 만난 사물, 사람을 그리는 드로잉 강좌나, 스페인 관련 책을 쓴 작가와의 만남, 스페인 음식을 나누어 먹는 파티 등을 꾸준히 진행 중이다. 가장 인기 있는 모임 중 하나인 「부에나비슷한쏘샬크럽(스페인 덕후들끼리 만나 수다 떠는 모임)」에서는 서로의 여행을 자랑하거나 좋아하는 스페인 음악을 소개하는 등 테마에 따라 다양한 스페인 이야기를 나누기도 하고, 스페인 주요 명절에는 그 문화를 흉내 내면서 스페인에 있지 못하는 마음을 달래기도 하는 스페인을 좋아하는 사람들이 모이는 덕질의 장이

되고 있다.

그 외에도 스페인어 배우기 클래스나 스페인과 관련된 책을 함께 읽고 이야기 나누는 스페인 (   ) 읽기 등도 비정기적으로 열고 있으며, 앞으로도 스페인과 관련된 다양하고 새로운 모임을 만들 예정이다.

"책방이 스페인이라는 분명한 테마를 가지고 있기 때문에, 그와 관련된 모임을 많이 열고 있고 앞으로도 계속 열 거예요. 그런 시간을 통해 만나는 사람들끼리 좀 더 쉽게, 좀 더 자연스럽게 친해지면 좋겠어요."

책방은 독립출판물을 꾸준히 출간하는 다미안과 에바의

출판사 사무실 역할도 한다. 스페인 사진집 『스페인필름』을 시리즈로 출간하고 있고, 락페스티벌에 간 사진과 참가 팁을 담은 『스페인 락페 생존기』와 까미노로 신혼여행을 떠났던 이야기를 담은 『행여혼신』을 펴냈다.

"왜 스페인이 좋아요?"
"이유는 잘 모르겠어요. 그냥 저랑 잘 맞더라고요. 날씨도 음식도 모든 것이요."
하긴 좋은 것에 무슨 이유가 있을까.
"책방을 언제까지 하고 싶으세요?"
"스페인에 가서 살게 될 때까진 책방을 운영하고 싶어요."

어느 날, 스페인책방이 문을 닫는다면 그들은 신나게 짐을 싸 스페인으로 떠났을지 모른다. 다미안과 에바가 스페인으로 떠나기 전에 스페인책방에 들러보기를.

오늘도 책과 취향과 공간을 나누는 동네 책방들이 있습니다. 저는 매일 책방으로 여행을 떠나지만, 언제나 또 다른 책방으로의 여행을 꿈꿉니다.

# Chapter 02,

# 그림 그리고, 글도 쓰고

바쁜 와중에 운영자는 틈틈이 그림을 그리고, 책방 프로그램을 홍보한다. 저녁에는 함께 글을 쓰고 작은 출판물로 만드는 모임과 그림 그리는 모임이 종종 열린다. 마을 주민부터 멀리서 찾아오는 손님까지 참가자도 다양하다.

세상에 없는 서점을 꿈꾸며

# 아크앤북

@arc.n.book_official
서울시 중구 을지로 29, 지하1층
매일 10:00~22:00

'우리나라에서 가장 책을 많이 파는 서점'이 목표인 서점이 있다. 지하철역 시청역과 을지로입구역 인근 부영을지 빌딩에 위치한 아크앤북이다.

아크앤북은 건대와 시청 근처 '오버더디쉬', 광화문 '파워플랜트', 여의도 '디스트릭트'를 연달아 성공시킨 OTD코퍼레이션에서 운영한다. 음식 브랜드를 모아 새로운 비즈니스를 만든 곳이다. 여러 스몰 브랜드를 모아 사람을 끌어당기는 힘이 무언지 보여준 OTD가 2018년 11월 서점을 열었을 때, 기대와 함께 꽤 논란이 있었다.

개점 초기 음식을 먹으며 책을 마음껏 볼 수 있다는 언론 기사가 나오며 출판계, 서점계 일부에서 부정적인 목소리가 나왔다. 이에 나도 책보다 음식과 커피를 주로 소개하고 판매하는 소비 장소로 여겼다.

그러나 아치형 책 터널과 유럽 어느 도시를 연상케 하는

빨간 전화 부스, 260여 평의 규모, 아트 상품과 책을 함께 진열한 방식 등이 SNS를 통해 입소문 나기 시작했다. 특히 시청역과 을지로역에 가깝고 주변에 많은 기업이 위치해 다양한 연령층이 찾기 시작했다. 사실 동네 책방이라기엔 큰 규모와 자본으로 꾸려진 서점이다. 그러나 주변 직장인들에겐 점심시간, 퇴근 후 잠시 들러 머무를 수 있는 동네 책방 같은 곳인 것도 사실이다.

아크앤북은 지하철역과 이어진 지하보도를 통해, 선큰 광장을 통해, 건물 로비를 통해서 들어갈 수 있다. 들어 온 입구에 따라 만나는 첫 장면이 매우 다르다. 나의 첫 번째 방문은 건물 로비를 통해, 두 번째 방문은 지하보도를 통해, 세 번째 방문은 선큰 광장을 통했다.

내가 직접 찾은 아크앤북은 서점과 카페, 음식점 공간이 분리된 모습으로 개점 당시의 논란을 떠올리기 힘들었다.

총 600여 평의 공간에 서점이 260평(859$m^2$)이고 그 외 식음료 공간과 창고 및 환기 시설 등으로 이뤄져 있었다. 서점과 식음료 공간은 벽이나 문으로 공간을 가르진 않았지만 뒤엉킨 분위기는 아니었다. 손님들 역시 책을 가지고 음식점에 가 음식을 주문하는 모습은 찾기 힘들었다. 보이지 않는 경계가 작동하여 공간을 분리하고 있었다. 다만 서가 사이사이 놓인 의자에는 책에는 관심 없는 방문자가 앉아 휴식을 취하거나 핸드폰을 보거나 대화를 나누는 모습이 보였다.

'서점은 어떤 모습이어야 하는가, 서점에 기대하는 모습은 무엇일까?'

아마 출판계, 서점계 그리고 소비자가 생각하는 혹은 기대하는 모습은 다르며, 개인마다 그 차이도 클 것이다. 독립자본으로 운영하는 동네 책방의 경우 더욱 그 차이가 크

다. 영리를 취하기보다 공익을 위하고, 책이 가장 소중해야 한다고 생각하는 사람도 꽤 있다. 하지만 전통적인 책 소비방식과 전통적인 서점의 모습은 변했다. 또한 대형서점, 온라인서점, 동네 서점의 역할과 기능도 다르다. 그리고 그 역할과 기능은 수년 안에 더 명확하게 달라질 것으로 예상한다.

많은 사람이 아크앤북을 찾으면 제일 먼저 아치 형태의 책 터널을 찾게 된다.

"모형인 줄 알았는데 진짜 책이야."

"한 권 빼내면 쏟아질 것 같아."

서점을 방문한 사람들은 두 공간을 연결하고 있는 책 터널을 궁금해했다. 사진으로 봤을 땐 책 모형으로 만들었을 거라 생각했는데 모두 진짜 책이었다. 책이 꽂힌 터널의

모습은 책 해일 같기도 했다.

서점 이름에서도 드러나듯이 서양 로마 판테온부터 우리 신라 시대 석굴암까지 근원적 형상인 아치가 아크앤북의 시그니처다. 책 터널 외에도 서가와 집기류, 각종 디자인에 상징적으로 아치가 쓰였다.

서가는 3,000여 종의 장서와 7,000여 개의 브랜드 제품이 DAILY-일상 속의 기대감, STYLE-선도하는 즐거움, WEEKEND-일상 밖의 설렘, INSPIRATION-깨닫는 성취함 테마와 스토리로 구성되어 있다. 전문서나 수험서는 판매하지 않고, 일반 중대형 서점의 분류체계나 운영방식을 따르지 않고 있다. 또한, 네 가지 테마는 유지하면서 시의성에 맞게 세부 스토리를 계속 변화하려 노력하는 모습이었으며, ISBN이 없는 독립출판물도 꽤 많이 소개하고 있었다. 독립출판물을 다룬다는 건 시스템화 된 중형 이상 규모의 서점에서는 쉽지 않은 선택이다.

브랜드 제품은 별도로 공간을 구별하지 않고 테마에 맞게 책과 함께 진열되었다. 일본의 노리타케(Noritake), 덴마크의 모노그래프(Monograph), 미국의 클랩클랩(ClapClap)과 화이트코너(White Coner) 등 다른 서점이나 편집상점서 접하기 힘든 해외 브랜드 제품도 많았고, 신진 창작자의 제품도 선별하여 구분 없이 함께 소개했다.
아크앤북에서 본 가장 인상적인 장면은 고풍스러운 조명이 달린 녹색 의자에 나란히 앉아 책을 보는 사람들이었다. 방문객이 오래 서점에 머무를수록 책 한 권, 연필 한 자루 구매할 확률은 늘어난다. 하지만 방문자 발길을 잡기 위해 큰 테이블을 두는 것은 멀리 봤을 때 효율적이지 않다고 생각한다. 서점에 대해 잘못된 인식이나 방문 습관을

체득하게 할지도 모르니까. 중대형서점에선 책을 보고, 책을 고르는 딱 이만큼의 머무름이 필요하다.

아크앤북은 을지로에 개점한 지 두 달 후, 도시재생으로 떠오른 성수동에 성수연방을 열었다. '집'을 공간 테마로 하여 을지로와 같이 띵굴 스토어, F&B 매장이 입점한 곳이다. 물론 아크앤북도 입점해있다. 하지만 을지로와는 달리 패션 잡화 브랜드 '로우로우(RAWROW)'와의 협업으로 새로운 형태로 운영 중이다. 책 큐레이션도 다르고 공간을 쓰는 형태도 서점 운영 방식도 다르다. 방문자가 중고 도

서를 가져오면 매입가만큼 로우로우 제품을 할인해주고, 매입한 도서는 아크앤북을 통해 재판매하는 방식으로 운영 중이다. 어쩐지 동네와 재생 공간으로서의 성수연방과 잘 어울린다.

책을 매개로 다양한 경험을 주는 리딩테인먼트(Reading-Entertainment) 공간이 늘어나는 요즘이다. 진지하게 책을 대하는 공간도 필요하지만 다양한 사람이 책을 일상에서 만나며 책과 사람, 사람과 사람의 연결을 만드는 공간도 필요해졌다. 앞으로 더 여러 형태와 운영 방식의 서점이 등장할 것이다. 다양한 형태의 서점이 각기 다른 역할을 해 나가주기를.

출판하는 책방

# 이후북스

@now_afterbooks
서울시 마포구 망원로 4길 24, 2층
월 · 화 14:00~18:00, 수~일 13:00~20:00

최근 망원동 뒷골목이 부산스러워졌다. 공방, 카페, 빵집, 음식점이 하나둘 들어서더니 주택가였던 골목에 젊은이들이 제법 찾아들고 있다. 그리고 그 골목에 『쓰기의 말들』, 『글쓰기의 최전선』 작가 은유가 좋아하는 동네 서점으로 꼽은 이후북스도 함께 있다. 구불구불한 골목 2층, 간판을 훤히 밝히고 있는 이후북스에서는 따뜻한 기운이 마구 새어 나온다.

이후북스는 2019년 12월 신촌에서 망원동으로 자리를 옮겼다. 책방은 30평이 넘는 규모로 서가 공간과 클래스나 모임을 할 수 있는 공간이 분리되어 있다. 신촌보다 규모도 훨씬 커져 책도 많아졌다. 책방에 들어서면 입구부터 책이 빼곡하다. 기성 출판물이 30%, 독립출판물이 70% 정도 차지한다. 문학, 인문, 그림책, 페미니즘, 고양이 관련 책 등 분야와 주제도 다양하다. 동물과 인간, 환경에 관한 책이 가장 많다. 이후북스 SNS와 책방에 들르면 독립출판에 대한 애정이 느껴진다.

최근 독립출판물을 다루지 않던 동네 책방에서도 독립출판물을 취급하기 시작한 곳이 많아지고 있다. 물론 대형서점, 온라인서점과의 차별화 때문이기도 하지만, 읽어보면 재밌고, 개성 넘치는 글을 많은 이에게 소개하고 싶은 이유도 있겠다.

기성 출판사의 책은 대형출판사보다 규모는 작아도 좋은 책을 만드는 소규모출판사의 책이 많다. 책방에서 가장 눈에 띈 책은 출판사 유유, 봄날의 책, 오월의 봄 책들이었다. 작은 책방의 책 진열은 시시때때로 변한다. 그러나 책방 운영자가 좋아하는 책은 말하지 않아도 도드라져 보인다. 책방을 여러 번 찾은 단골손님이라면 제일 잘 보이는 곳에 놓지 않은 책일지라도 책방 운영자가 좋아하는 책이 무언지 알 수 있다. 그리고 서가 한 편엔 소규모출판사나 독립출판사를 소개하는 작은 전시공간이 있다. 3개월에 한 번 바뀌는 공간으로 첫 전시는 우드파크 픽처북스의 책과 그림을 전시 중이다.

이후북스는 책방을 열기 전 10년 정도 영화관 영사기사로

일한 황부농과 동업자이자 편집자 상냥이가 함께 운영한다. 애칭으로 유명한 운영자들이다.

"어떻게 두 분이 함께 책방을 열었어요?"

"친구 네 명, 고양이와 함께 제주도에서 열려고 했었어요. 그런데 결국 성향도 잘 맞는 둘이 하게 된 거죠."

"파트너를 잘 만나는 건 좋은 배우자를 만나기만큼 어렵다던데요. 부러워요."

"서로 장단점이 보완되는 관계인 거 같아요. 성향이 잘 맞는다는 게 똑같다는 말은 아니거든요."

친구도, 연인도 똑같을 수는 없다. 동업의 단점을 꼽는다면 뭐라고 생각하느냐는 물음에 "싸우게 된다."고 대답한 황부농의 다른 책에 실린 인터뷰가 생각났다. 싸워도 균형이 맞는 싸움이라면 생산적이고, 성장을 위한 싸움이라면 보완적이다.

책방 초창기엔 SNS에 고양이 사진이 많이 올라와 '책방 고양이'인 줄 알았다. 하지만 집에서 키우는 아이들이었고, 이후 길고양이 두 마리가 새로운 가족이 되었다. 책방에 들어온 길고양이 한 마리에 간식을 주었더니 나가지 않아 키우게 됐고, 또 한 마리는 길에서 만나 데려왔다고 했다. 따뜻한 책방의 분위기만큼 따뜻한 마음이다.

이후북스는 출판사 이후진프레스를 함께 운영하는 책방이다. 독립출판으로 책을 출간하는 작가들과 협업하여 책을 만든다. 이미 독립출판에서는 인지도 있는 작가 서귤의 『고양이의 크기』를 시작으로 출판사를 운영했다. 절판되었지만 손님들이 꾸준히 찾는 『고양이의 크기』 재출간을 작가에게 먼저 제안하여 텀블벅을 거쳐 내놓았다. 이후 노래하는 동네 가수 이내의 『모든 시도는 따뜻할 수밖에』를 출간했다. 책의 표지는 독립출판으로 그림책을 내는 미바

작가가 그렸다. 독립출판을 사랑하는 사람들이 모여 따뜻한 책을 만든 것이다.
그리고 2019년 초부터 후룩문고라는 이름으로 대형출판사가 아니면 시도하기 힘들다는 시리즈를 출간하기 시작했다. 후루룩 읽으라고 후룩문고가 아니라 '책 이후를 보라'는 의미다. 책을 읽기 전과 읽은 후가 달라진다는 책방 이름 이후북스와도 연결되는 의미다.
후룩문고 1호는 『아무도 알려 주지 않은 도서관 사서 실무』를 독립출판으로 선보였던 작가의 신작 『상호대차』였다. 한여름 비가 쏟아지던 날 책을 입고하러 온 작가가 요즘 쓰고 있다는 책의 이야기를 듣고 그 자리에서 당장 함께하기로 했다고 한다. 두 번째 책은 누가 뭐래도 이후북스가 애정하는 작가 서귤이 인스타그램을 통해 연재한 정신과 치료 일기 『판타스틱 우울백서』를 묶었다. 독립출판

작가들과 함께 나아가는 이후북스다.

'책을 읽기 전과 이후가 달라질 수 있을까?'

대답은 '물론'이다. 책을 한 권 읽으면 또 다른 책을 읽게 한다. 다른 책은 또 다른 책을 부른다. 그러다 보면 책 속 이야기 외에 세상이 궁금해지고 보일 것이다. 더 많은 사람이 책 이후의 세상을 보게 되길 바라는 게 책방 운영자들의 마음일 것이다.

이후북스는 클래스와 모임도 많다. 초창기부터 운영했던 영어 스터디와 독립출판 글쓰기, 독서 모임을 꾸준히 운영 중이다. 특히 글쓰기 모임이 인기다. 어떤 때는 SNS 공지 후 두세 시간 만에 마감되기도 한다. 『당신이 계속 불편하면 좋겠습니다』를 쓴 작가가 운영하는 불확실한 글쓰기 클래스는 여성주의 글쓰기를 지향한다. 페미니즘과 여성으로 사는 삶에서 오는 사유를 쓰고 나눈다.

글쓰기 모임이나 클래스는 작은 책방에서 자주 운영하는 프로그램이다. 그만큼 인기 주제이지만 여러 책방에서 운영하는 만큼 매번 많은 사람을 모으고 운영하기는 쉽지 않은 게 사실이다.

"사람들은 왜 글쓰기 욕구를 느낄까요?"

"요즘은 자기 계발로써 글쓰기를 많이 하는 거 같아요. SNS나 블로그 글쓰기도 많이 하니까 글쓰기 욕구가 더 늘어나는 것 같고요."

"어떤 분들이 많이 오나요?"

"책방마다 다르겠지만 저흰 이삼십 대 여성이 많아요."

작은 책방은 이삼십 대 여성이 평균적으로 가장 많이 찾는다. 하지만 책방마다 조금씩 다르다. 십 대부터 오십 대까지 연령도 다양하고, 남성이 많은 책방도 있고, 직업군이나 관심사도 다양하다. 이는 책방의 콘셉트와 다루는 책들 그리고 운영자의 성향 때문으로 보인다. 여러 책방을 다니다 보면 비슷한 듯 다른 손님이 방문하는 것을 보게 된다. 특히 책방에서 자주 못 보는 중년 남성도 어느 작은 책방을 좋아하고, 독립출판물을 고르고, 미투 배지를 받기를 원하며, 책방 모임에 곧잘 참여하기도 한다.

따뜻함이 그리운 어느 날 이후북스에 들려도 좋고, 다른 책방에서 발견한 이후진프레스의 책을 만나도 반갑다. 다만 책 너머에 있는 책방 운영자, 작가, 제작자의 책과 책방을 향한 따뜻한 마음을 기억해보자.

트렌디 한 그곳

# 인덱스

@indexshop.kr
서울시 광진구 아차산로 200, 커먼그라운드 3층
매일 11:00~22:00, 설 · 추석 당일 휴무

성수동에 젊고 독특한 공간이 많이 생겼다. 공장이나 창고를 개조한 카페, 창작자들이 모이는 코워킹스페이스, 독특한 레시피를 가진 작은 요릿집 등. 그중 문을 열 때부터 유명세를 탄 공간이 있다. 200여 개의 대형 컨테이너로 구성한 팝업 컨테이너 플랫폼 커먼그라운드다. 커먼그라운드는 패션, 음식, 디자인, 아트상품 등 유행에 민감한 편집숍이 대거 입점해 있다. 트랜디한 공간에 동네 서점 문화를 이끄는 서점, 인덱스가 함께 있다.

인덱스는 스트리트마켓동의 끝, 맨 위층에 자리한다. 나는 커먼그라운드를 둘러보고, 외부 계단을 올라 인덱스로 향했다. 컨테이너 서너 개가 합쳐져 만들어진 공간이었다. 인덱스는 홍대 앞 땡스북스 대표와 시각 문화 전문 매거진 『GRAPHIC』의 발행인과 서체 스튜디오 글자연구소 대표

가 힘을 모아 만든 서점이다. 인덱스가 처음 문을 열던 전날, 땡스북스 대표와 함께 서울도서관에서 주최한 연희동 책방 산책을 진행했었다. 엄청난 규모의 서점 개점 준비에도 차분히 행사를 끝내고 개점 준비를 하러 인덱스로 바삐 돌아가던 모습이 새록하다. 서점 개점 전날부터 무척이나 궁금했지만 조금 시간이 지난 뒤에야 찾게 되었다.
'디자인 전문가 셋이 모여 만든 서점이라니.'
서점은 한 개 층이지만, 세 개의 층위로 나뉘어 있다. 0.5층과 1층, 1.5층으로 구분되었다. 1층은 음료 주문대와 서가, 0.5층은 책을 볼 수 있는 좌석과 서가, 계단을 따라서 오르면 나오는 1.5층엔 음료를 마시는 공간과 전시 공간이 있다. 공간은 낮은 채도의 색을 가진 나무 서가와 바닥, 한껏 밝은 조명과 하얀 벽이 자로 잰 듯 정갈했다. 서점에 들어서 보이는 하얀 벽면 위 빨간 아크릴 상자에 쓰인

'index' 로고가 빛났다.

"책은 인덱스의 큐레이션 맥락 안에서 수집 · 진열됩니다. 그래서 단 한 권의 책이라도 이유 없이 서점에 있지 않습니다. 큐레이션은 수많은 책 가운데 특정한 책을 선정하는 기준이며, 나아가 서점이 세상과 대화하고 싶은 주제와 테마이기도 할 것입니다. '큐레이션' 서점은 인덱스가 생긴 이유이기도 합니다. 모든 지식과 의견에 대해 최적의 체계로 색인화하여 독자에게 제공하겠다는 이상을 '인덱스'라는 상호에 담았습니다."

인덱스는 서점 이름처럼 A, B, C, D 알파벳으로 도서 주제를 정하고 큐레이션 했다. 큐레이션 인덱스를 읽는 재미도 쏠쏠하다. 인덱스 자체가 큐레이션인 것이다. A는 Architecture, B는 Bookshop&Publishing, Beer, E는 Exploration, Essay, F는 Film, K는 Kunst, S는 Seoul,

Subculture, T는 Thought, W는 Woman, With 등 서점이 큰 입체 사전처럼 보였다. 서점 안 흥미로운 인덱스를 찾아 나를 위한 한 권의 책을 발견해보자. 이유 없이 꽂힌 책이란 없다. 나에게 건네는 이야기를 들어보자.

나는 B에 멈췄다. B의 Bookshop&Publishing 서점과 출판 서가에는 2017년 여름 발행 된 내 두 번째 책 『바다 냄새가 코끝에』도 놓여 있어 반가웠다. 이 책은 퇴사 전 초고를 완료했고, 책방을 개점한 후 땡스북스 대표님이 직접 출판사를 연결해주어 빛을 본 책이다. 돌이켜 생각해보니 내가 책방을 하게 된 이유에도 조금은 영향을 끼친 분이기도 하다. 책방을 자신의 플랫폼 삼아 다양한 책 문화 활동을 하고 계신 모습도 나에게 많은 귀감이 되었다.

그리고 인덱스엔 포스터와 엽서, 굿즈도 제작하여 판매한

index

다. 디자이너들이 모인 서점에 책만으론 부족했는지 시각적 매혹이 더해진 것이다. 특히 'index' 로고로 만든 상품은 서점의 정체성을 더 또렷이 만들었다.

음료를 주문하고 1.5층에 올라갔다. 1.5층은 평소엔 카페 좌석으로 활용되고, 전시를 열며, 때론 작가와의 만남이나 북토크 공간으로 사용한다. 여기에선 서점 전체가 한눈에 보였다. 서점은 마치 한 장의 그래픽 도면 같았다. 서가도, 좌석도, 벽면에 전시된 도서까지도 자로 잰 듯 군더더기 없이 깔끔했다. 서가가 내려다보이는 좌석에 앉아 도면을 그리듯 서가를 따라 눈으로 선을 그었다.

"요즘은 책 표지가 다 그림 같네."

옆 좌석에 앉은 중년 여성이 서가를 내려다보며 말했다.

내가 인덱스에 방문한 날은 좌석 옆으로 환경과 동물

을 이야기하는 패션문화잡지 『OhBoy!』의 전시 'This is OhBoy!'가 진행되고 있었다. 창간호부터 최근 발행 이슈까지 나란히 전시되었고, 오보이! 가 지향하는 주제와 메시지를 전달하고 있었다. 특히 This is Earth, Animal, Slow Life, Fashion, Culture, Magazine, Community라고 오보이!를 소개하는 문구가 인덱스의 책들과 잘 맞닿아있는 느낌이었다. 나는 처음으로 오보이! 잡지를 구매했다. Seoul, New York, Berlin, Helsinki 등 도시를 주제로 한 과월호를 골랐다.

최근 월별, 계간별로 발행하는 매거진도 주제로 단행본처럼 무크지(Mook ; 매거진+북)로 발간하는 경우가 많아졌다. 과월호가 되어 구매 가치가 떨어지는 것을 줄이고, 독자의 지속적인 관심을 끌기 위함이다. 주제가 바뀌는 매거진은 오보이!를 비롯해 bear, conceptzine, ARTRAVEL과

독립출판잡지 언니네마당 등 셀 수 없이 많다. 특히 자신의 콘텐츠를 만들고 싶은 사람이라면 두 세 개의 매거진은 구독하길 권한다. 매거진은 동시대 트랜드의 집합체다. 관심 주제도 좋고, 구성이 좋은 것도 좋고, 사진이 좋아도 좋다. 매번 어떻게 콘텐츠를 생산해내고 나누는지를 들여다보면 꽤 도움이 된다.

최근 인덱스는 자체 출판도 시작했다. 책을 좋아하는 디자이너들이 모였는데 왜 출판을 하지 않을까 의문이 든 적이 있었다. 이제라도 인덱스와 어울리는 책이 나오다니, 한껏 기대된다. 그 첫 번째 책은 드립 커피 관련 책이다. 책장을 넘기면 인덱스 커피 맛이 느껴지는 기분이다.

인덱스는 서점의 입지로서 불리할 수 있는 위치에서 문화적 실험을 하고 있다. 유동 인구는 많으나 지속해서 서점을 찾는 사람이 많을까 의문이 드는 곳이지만 본격적인 큐

레이션 서점으로 성장하고 있었다.

'단 한 권의 책도 이유 없이 서점에 입점하는 걸 원치 않는다.'고 잡지 인터뷰에서 했던 글자연구소 대표의 말처럼 모든 책이 이곳에 있는 이유가 있다. 그래서 신뢰가 더 쌓이는 것 아닐까. 젊고 트렌디 한 문화를 만나고 싶은 날엔 커먼그라운드도 둘러보고 마지막 목적지로 인덱스에 들러보면 좋겠다. 큐레이션 된 책 속에서 나의 인덱스를 찾아보자. 나의 인덱스가 곧 나일지도, 곧 나의 오늘일지도 모른다.

그림 그리는 마을 책방

## 지구불시착

@illruwa2
서울시 노원구 화랑로 464
화~토 10:00~23:00, 일 12:00~21:00, 월 휴무

책방을 하며 종종 듣는 몇 개의 질문이 있다. 그중 하나가 '작은 책방끼리 네트워크가 있나요?'이다. 독립서점을 포함한 동네 서점을 아우르는 큰 협회나 조직 같은 건 없다. 지역 서점 위주로 활동하는 조합이나 몇몇 작은 책방이 모여 만든 단체가 있고, 전국의 작은 책방이 자발적으로 모여 책방의 미래를 고민하는 모임, 해방촌, 연남동, 홍대 앞 등 같은 동네에서 책방을 운영하며 친목과 협업을 위한 모임 등은 있다.

다른 질문 중 하나는 '어떤 책방하고 친한가요?' 책방하고 친한 것과 책방 운영자와 친한 것은 다르지만 그때마다 몇 군데 책방을 꼽곤 하는 나다. 그중 한 군데이기도 한 지구불시착은 책방인지 카페인지 동네 사랑방인지 헷갈리는 책방이다. 지구불시착에 가면 책방 운영자가 그림을 그리다가, 책을 만들다가, 음식을 조리하다가 벌떡 나와 반겨

준다.

지구불시착은 마을 사람들과 함께 공간을 꾸민다. 책방 입구에는 헌책이 가득 꽂혀있다. 한 권에 천원, 이천 원 하는 헌책이다. 마을 주민들이 헌책을 모아 판매하고, 판매금 전부는 좋은 일에 쓰이도록 기부한다. 나는 입구부터 헌책 세 권을 골랐다. 구하기 힘든 두 권의 책과 읽어보고 싶었던 책 한 권이다. 욕심 같아선 몇 권을 더 고르고 싶었지만, 집까지 돌아가는 길이 걱정되어 다시 서가에 꽂았다.

입구를 들어선 카운터 앞에는 주민들이 직접 만든 공예품과 작업물이 전시, 판매되고 있다.

"주민들이 손수 만든 상품이에요?"

"네, 직접 만들고, 디스플레이도 직접 해요."

마을에서 생산하고 소비하는 순환 경제의 거점 공간인 셈이다.

마을 책방 지구불시착은 공릉꿈마을협동조합에서 운영하는 마을과 마디와 함께 있다. 마을과 마디와 지구불시착이 마을에서 함께 지속 가능할 수 있도록 힘을 모은 것이다. 혼자는 불가능한 일이 함께하면 가능해지는지 모른다.

"책방을 해서 좋은 점은 뭔가요?"

"많은 사람과 다양한 관계가 형성되는 것이 재미있어요."

책방은 커피를 마시고, 음식을 먹을 수 있는 테이블 옆 서가에 책이 꽉 들어차 있다. 독립출판물이 대부분이고, 책방 운영자가 직접 만든 원고지와 엽서, 굿즈가 눈에 띈다. 특히 이상, 백석, 윤동주, 밀란 쿤데라가 그려진 원고지는 책방을 찾는 손님들에게 인기다.

"제가 직접 만든 원고지예요. 소설가들을 그려 넣었어요."

"그 원고지에 글을 쓰면 소설가처럼 글을 쓸 수 있을까요?"

원고지 옆에는 윤동주 배지도 보인다. 한국인이 가장 사랑하는 시인이라는 타이틀처럼 지구불시착의 베스트셀러는 윤동주 굿즈다. 윤동주 얼굴이 그려진 배지, 원고지, 엽서다. 물론 모든 그림은 운영자가 그렸다. 가장 인기가 좋은 건 역시 원고지. 시인과 원고지라니.

운영자는 그림을 그리지만 그림을 전공하지 않았다. 인생에 많은 변화가 찾아온 힘든 시기, 마음을 다잡기 위해 그림을 그리기 시작했고, 그림을 그리며 많은 것이 변화했다. 책방을 운영하게 됐고, 드로잉작가가 되었고, 많은 사람을 만나기 시작했다. 그리고 종종 출판사와 표지 작업도 하고 있다. 이미 출간된 책도 서너 권이 넘는다.

지구불시착은 책만 사고파는 책방이 아니라 커피, 맥주, 간단한 식사까지 가능한 곳이라 그런지 쉴 새 없이 손님이 드나든다. 이 바쁜 와중에 운영자는 틈틈이 그림을 그리

고, 책방 프로그램을 홍보한다. 저녁에는 함께 글을 쓰고 작은 출판물로 만드는 모임과 그림 그리는 모임이 종종 열린다. 마을 주민부터 멀리서 찾아오는 손님까지 참가자도 다양하다.

가장 인기 있는 클래스는 독립출판의 스테디셀러 작가인 김종완 작가가 진행하는 '밀실의 소설가들'과 책방 운영자가 직접 진행하는 '에라 猫르겠다'다. '밀실의 소설가들'은 세 시간 동안 직접 쓴 글로 자신만의 책을 만들어보는 시간이다. 내 글을 내 손으로 만드는 단 한 권의 책이라니. 가장 소중한 사람에게 선물하면 좋겠다. '에라 猫르겠다'는 고양이를 그리는 드로잉 모임이다. 그리고 싶은 고양이의 모습을 그리고 재치 있는 문구를 넣으면 나만의 드로잉이 만들어진다.

"다른 책방에 비해 마을 주민들이 모임에 많이 참여하시

는 것 같아요."
"책방 자체의 분위기를 좋아하는 사람들이 있어요. 책방과 공감대를 유지하려고 하는 것 같기도 하고요."

한 번 앉으면 일어나지 못하는 마력 있는 책방이라 소문난 지구불시착. 책과 함께하지만, 책이 무겁지 않은 책방이다.
"맥주 한 잔 마실래요? 우리 맥주 진짜 맛있어요."
커피를 마시고, 맥주를 들이켜고, 라면을 먹으며 책을 읽을 수 있는 책방이 된 지구불시착. 책맥이란 말이 전혀 어색하지 않은 요즘, 책맥이 고픈 날, 편안히 지구불시착에 들러보자. 친구와 연인과 함께가 아닌 혼자 하는 책맥이 더 좋다.

## 서울과 뉴욕을 잇는
# 커넥티드 북숍

@kenektidxbookstore
서울시 종로구 청계천로159, 3층 바열 328호
월~토 12:00~19:00, 일 휴무

도시재생 논란부터 청년 창업, 화젯거리인 커피숍들까지, 을지로에 관심이 쏠리는 요즘이다. 산업화 시기부터 온갖 기술이 집약되어 있던 세운상가는 그때나 지금이나 실험이 가득하다.

지금 세운상가엔 오랜 세월 세운상가를 지켜온 장인과 가게 뿐 아니라 스타트업 몇 곳과 작은 공방, 작은 책방이 여럿 생겼다. 그중 하나가 서울의 여러 동네 서점에서 인쇄 워크숍을 진행하던 인쇄 전문가가 차린 책방 커넥티드 북숍도 있다.

커넥티드 북숍은 인쇄업을 꽤 오래 한 책방 운영자와 음악을 하는 공동 운영자, 책방 운영을 돕는 크루 두 명이 운영하는 책방으로 2018년 4월 서울의 벚꽃이 모두 떨어졌을 즈음 책방을 열었다.

해방촌 스토리지북앤필름 운영자와 대화를 나누다 '책방을 하면 삶이 재밌어질 거예요.' 소리를 듣고 책방을 하기로 결심했다. 일과 생활 속에서 새로운 시간이 필요했던 운영자는 여러 책방에서 인쇄 워크숍을 운영하며 작은 책방에 자연스레 관심을 끌게 되었는지 모른다. 그리고 덜컥 책방 문을 열었다.

"책도 팔고, 음악도 팔고, 파티도 하자, 생각하고 책방을 열었어요."

야심차게 책방 문을 열었지만 일반 개인 건물과는 다른 세운상가의 운영은 책방 문을 열자마자 고민을 가져왔다.

"처음엔 전기가 제대로 들어오지 않고, 저녁시간 이후엔
책방 운영이 힘들었어요."

처음에는 심야서점으로 오픈했기에 운영 자체가 힘든 것이 문제였다. 하지만 아이디어 넘치는 조명을 설치하고, 여러 조율 과정을 거쳐 조금씩 문제는 해결되었다.
커넥티드 북숍은 음악이라는 큰 주제 아래, 영화, 음악, 패션, 예술에 관한 책을 일주일에 한 권씩 판매하는 책방이다. 그렇다고 딱 한 권만 판매하는 것은 아니다. 그 언저리에 있는 같은 주제의 책과 음반, 굿즈를 소개하고 판매한다. 북토크도 여느 책방과는 다르다. 음악평론가나 음반가게 사장님을 모시고 음악과 음악 관련된 것에 관해 이야기

나누기도 한다.

한때 매일 들었던 라디오헤드를 주제로 한 주에는『라디오헤드』,『라디오헤드로 철학하기』그리고 CD와 LP를 함께 선보였고, 어떤 주에는 영화「혐오스런 마츠코의 일생」속 마츠코라면 들었을 것 같은 음반을 모아 소개하기도 했다. The Koxx, 검정치마, 에미넴, 릴팝, The Kooks, 루디멘탈 음반이었다. 한국 인디음악부터 락, 힙합, 일렉트로닉까지. 마츠코의 변화무쌍한 일생과 같았다. 그렇게 커넥티드 북숍은 이름처럼 책과 음악 그리고 영화를 연결하려 노력 중이다.

사실 커넥티드 프로젝트는 커넥티드 북숍 운영자가 어학연수 때 만났던 룸메이트와의 인연으로 시작되었다. 서울의 책방과 뉴욕의 갤러리를 연결하여 공간을 교류하고, 창작자의 작품을 교류한다. 창작자와 독자를 연결하고, 서울

과 뉴욕을 연결하는 것이다.

커넥티드 북숍은 조금 더 책방 운영이 안정되면 한국의 좋은 독립출판물을 뉴욕에서 판매하려고 준비 중이다. 개인 창작자로선 꿈꾸기 힘든 일이다. 나의 출판물이 뉴욕에 전시되고 소개되다니. 창작자들에게 설레는 소식이다. 그리고 점차 뉴욕 갤러리에서 전시되었던 작품이나 창작자의 출판물도 서울에 소개할 예정이다. 동시대의 독립출판 혹은 창작 작품을 나눌 수 있게 된 것이다. 이미 책방에는 뉴욕에서 공수해 온 에코백과 책, 음반이 있었다.

나는 종종 이런 이야길 한다. 책방엔 별다른 값비싼 인테리어 장식이 필요 없다고, 책 자체가 가장 좋은 요소인데 무얼 돈 들여서 하냐고, 차라리 그 돈으로 안 팔릴 것 같아도 사고 싶은 책을 사라고. 그러나 영상도 책만큼 좋겠다는 생각을 커넥티드 북숍에서 했다. 영상에 눈길을 뺏겨 책을 소홀히 하는 것이 아니라 책과 책방에 더 관심을 둘 수 있게 하는 영상이어야하지만.

"매주 책 영상을 만들어요. 책이랑 관련한 행사가 있다면 같이요."

"영상만 모아도 많은 자료가 되겠어요."

"그래서 지금 유튜브나 다른 채널도 고민하고 있어요. 어차피 영상은 책방에서 틀기 위해 만드니까요."

책방 벽에서 계속 플레이되는 영상은 책 소개 주제에 맞추어 매번 제작하여 소개를 돕고 있었다. 게다가 책방 운영자는 인쇄업 전문 지식을 살려 그림 작가의 책을 만드는 일도 시작했다. 이 작은 책방에서 참 많은 콘텐츠를 생산하고, 준비하고 있었다.

지난 겨울의 끝에는 세운상가 마당에서 120여개 독립출판 제작자와 팀이 참여한 독립출판 마켓도 진행했다. 첫 회라

힘든 일도 생각지 못한 일도 있었지만 책방 운영자는 마켓이 끝나자마자 또 재밌는 행사를 꿍꿍이 중이다. 책방 규모는 작지만 그 활동은 결코 작지 않은 책방이다. 여러 일을 하는 운영자에게 문득 궁금해졌다.

"책방을 하며 무엇을 가장 중요하게 생각해요?"

"책을 사람들에게 어떻게 소개할까에 관한 것을 가장 중요하게 생각하는 것 같아요. 일주일에 한 권만 팔기 때문에 다른 책방과 다르게 다양한 방식으로 소개하려고 노력하고 있어요."

그래서 책방은 영상을 만들고, 관련 음악을 소개하고, 포스터로 책방을 꾸민다. 『그랜드 부다페스트 호텔』을 소개하던 주에는 책방 조명을 분홍색으로 바꾸어 책과 어울리게 꾸미기도 했다.

"인생책은 뭐에요?"

"글쎄요. 바뀔 수도 있지만 여러 책이 생각나는데 꼭 하나만 고르라면, 삼국지요."

"의외의 책이네요. 조금 더 트랜디 하거나 음악 관련 책을 고를 줄 알았어요."

"삼국지는 볼 때마다 다른 재미도 있고, 사는데 너무 많은 것을 알려주는 책인 것 같아요. 언제 읽는지 그 상황에 따라서 삼국지 속에서 보이는 것이 다르고 그 속에 교훈이 다른 것 같아요. 평생 두고 여러 번 봐야 할 책이라 생각되어 음악 관련 책은 아니지만 꼭 한 권만 꼽아야한다면 이 책을 꼽아야 할 것 같아요."

이 이야기를 듣고 언젠가 책방 운영자들의 인생 책만 모아 소개하고 싶어졌다. 그 책 한 권에 얼마나 많은 이야기가 있고, 또 얼마나 많은 이야기가 시작되었을지.

많은 사람들이 을지로에 들러 핫하다는 카페에서 커피를 들고 사진 찍기에만 열중하지 말고, 곳곳에 숨은 작은 책방을 찾아 주기를 기대해 본다. 요즘 작은 책방엔 무겁고 어려운 책만 있지 않다. 음악, 패션, 영화 그리고 핫한 어느 도시 창작자의 아이디어도 마주칠 수 있다.

퇴근 후, 커넥티드 북숍에 들러 책을 골라 책방 마당 같은 길목에 앉아보자. 책방에서 내어놓은 캠핑 의자에 앉아도 좋다. 바람 좋은 저녁, 우리, 그곳에서 만나자.

독립출판물의 아지트

## 헬로인디북스

@helloindiebooks
서울시 마포구 동교로46길 33
매일 15:00~21:00

독립서점이 무언지 잘 모를 때 만난 책방이 있다. 연남동이 지금처럼 사람이 많은 동네가 아니었던 때다. 왜 그 골목에 들어섰는지 기억은 잘 나지 않지만 좁은 골목에서 작은 책방 헬로인디북스를 만났다. 그땐 그림책 책방 피노키오와 나란히 골목을 지키고 있었다. 지금은 피노키오가 떠나 아쉽지만 헬로인디북스만으로 충분하다.

헬로인디북스는 독립출판물을 판매하는 작은 책방이다. 독립출판물을 사랑하는 운영자가 독립출판물을 여러 사람에게 알리기 위해 시작했다. 독립출판 제작자는 물론 독립출판을 사랑하는 모든 사람이 편히 드나들 수 있는 공간을 꿈꾸었다.

책방은 7년간 웹 기획자로 일하던 책방 운영자가 평소 좋아하던 독립출판물 관련 사이트를 오픈했다가 책방까지 열었다. 처음엔 창전동에 책방을 열어 일 년간 운영했다가

2014년 지금의 연남동 골목으로 이전했다.

연남동 작은 골목길 안 26㎡의 작은 책방이지만 독립출판물이 촘촘하게 채워져 있고, 끊임없이 사람들이 오간다. 음료는 판매하지 않고 앉아서 책 읽을 좌석도 없다. 오롯이 독립출판물만이 가득하다.

"어떤 출판물 중심으로 입고하세요?"

"제가 호기심이 드는 책이요. 얼마 전에는 도서관 옆집에 사는 사람이 쓰고 만든 책 입고 문의가 왔어요. 아직 입고는 안 됐지만 그 이야기가 너무 궁금하더라고요."

요즘은 많은 책방에 매일 독립출판물 입고 문의가 올 정도로 출판물이 늘었다. 너무 많아 어떤 출판물을 골라야 할지 허적거리게 될 때면 책방 운영자가 추천하는 출판물을 골라보는 것을 추천한다.

2017년 겨울, 책방 운영자는 2014년 10월부터 헬로인디북

스 블로그에 써온 책방 일지를 모아 독립출판물 『적게 벌고 행복할 수 있을까』를 제작하기도 했다. 책방 운영자로서의 소소한 일상과 책방을 하며 얻은 고민을 담았다. 발행 후 헬로인디북스와 몇 독립서점에서 판매했지만 많은 독자가 찾아주어 일찍 품절되었다가 현재는 개정판이 나온 상태다. 책을 내고 어느 신문사와의 인터뷰 제목에 '독립출판계의 대모'라는 이름이 붙어 주변인들이 놀리기도 했다. 마흔이 채 되지 않은 나이지만 독립출판물에 대한 애정과 활동으로 붙여진 이름인 셈이다. 그리고 2019년 겨울 『적게 벌고 행복할 수 있을까 2』를 제작했다. 첫 번째 책은 5년 차 책방지기로서의 일상과 고민이었다면 두 번째는 어느 날 갑자기 엄마가 쓰러지고 변화한 책방지기의 일상이 기록되어 있다.

책방 운영은 사실 보기보다 녹록지 않다. 더군다나 독립출판물만 다루는 서점인 경우, 모든 절차가 수작업이다. 독립출판물을 입고 받고, 정리하고, 소개하고, 다시 입고 요청하는 일 모두를 책방 운영자와 독립출판제작자가 일대일로 소통하며 진행한다. 우아하게 책방에 앉아 음악을 들으며 차 한 잔 옆에 두고 책을 읽는 시간은 극히 드물다. 사실 손님이 없어도 걱정, 손님이 많아도 걱정인 게 작은 책방들이다.

헬로인디북스에 머물며 책방 운영자와 이런저런 이야기를 나누고 책방을 둘러보는 사이 평일 오후인데도 많은 손님이 오갔다. 젊은 층이 많이 찾는 동네 특성 때문인지 두껍거나, 기성 출판물을 닮은 책보단 예쁜 책, 예쁜 상품, 독특한 외형의 무엇에 흥미를 느꼈다. 손님들은 책방 구석구석 놓인 흥미로운 출판물들을 잘 찾아냈다. 헬로인디북스는

큰 규모의 세련된 공간은 아니지만, 동아리방처럼 편안한 곳이다.

헬로인디북스는 2019년에 반년 동안 헬로인디북스에서 걸어 이십 분가량 걸리는 위치에 커뮤니티 공간을 별도로 열었다. 이름은 '헬로 헬로'. 오늘도 내일도 안녕하길 바라는 마음 같다. 헬로 헬로는 독서 모임, 북토크, 낭독회, 워크숍, 각종 회의와 모임 장소로 쓸모 있게 이용되었다. 가끔은 책방 운영자가 낀 뒷풀이도 열린 다정한 공간이었다.

"저에게도 쉴 공간이 필요했어요. 책방은 저에게 출퇴근하는 공간이잖아요. 그런데 막상 그 공간을 열고 보니 그곳에서도 일하게 되더라고요."

청소부터 손님맞이까지 모두 혼자 감당해야 하는 책방 운영자들이 매우 공감할 부분이다. 비록 짧은 기간 운영되어 아쉬웠지만, 운영방식이나 책방과의 분리는 새로웠다.

"언제까지 연남동에 머무를 계획인가요?"

"저는 다른 곳에 갈 계획이 없어요. 계속 이 골목에서 책방을 하고 싶어요."

책방을 하는 동안 책방일지를 묶어 계속 '적게 벌고 행복할 수 있을까'라는 인생의 화두를 던질 거라는 운영자. '불안정한 삶이지만 잘 살아가고 있다고 세상에 소식'을 계속 전해주길 바란다. 부디 세 번째도 다정한 헬로인디북스의 이야기이기를. 언제나 연남동 골목 안에서 헬로인디북스가 안녕 인사해 주기를.

Not Alone, Just with You.

맥주 마시며 책 읽는

# gaga77page

@gaga77page
서울시 마포구 와우산로 15길 50, 2층
매일 14:00~21:00

책방 연희 이름을 두고 가끔 후회할 때가 있다. 조금 더 멋진 이름, 조금 더 세련된 이름으로 지을 걸 하고 생각한다. 특히 독특한 이름의 책방을 알게 된 날이면 바꿔 볼 이름도 지어본다.

처음 이 책방을 알았을 때 이름이 참 독특하다고 생각했다. gaga77page는 거짓 가(假)와 집 가(家)를 써서 가게라고 썼던 어원을 가져와 gaga, 한 번에 한 호흡으로 읽히는 페이지 수 77page를 합친 이름이다. 조어상으로 가가의 기역 두 개와 77이 중의적으로 보이기도 하다.

gaga77page는 홍대 주차장 거리에서 아주 조금 빗겨 난 번화가에 위치한다. 카페와 음식점이 복닥거리는 골목 이층에 자리한다. 원형 철재 계단을 따라 올라가면 찰그랑 종소리와 함께 책방이 나온다. 입구엔 소개하고 싶은 독립출판물과 굿즈를 두었고, 벽면을 따라 가지런히 책이 꽂혔

다. 또 다른 종소리가 들릴 듯한 괘종시계와 고풍스러운 서랍장이 눈에 띄었다. 길가 쪽으로 큰 접이식 유리창과 테라스가 있어 홍대 골목을 바삐 걸어가는 사람들과 어슬렁 걸어가는 사람들, 번잡한 즐거움이 보이는 곳이다.
서가 앞에 기다란 나무 테이블을 두어 구매한 책을 읽거나, 음료와 음식을 즐길 수 있도록 했다. 책방은 커피와 음료, 맥주를 판매하고 일주일에 3일간은 한정 메뉴를 만들어 음식도 제공한다. 매일 달라지는 메뉴와 계절별 식자재가 새롭다.

책방은 독립출판물이 80% 이상이고 기성 출판물이 20% 정도다. 독립출판물은 책 표지 색깔별로 정리되었다. 마치 책장이 로스코의 그림처럼 보이기도 한다. 흰색, 노란색, 분홍색, 파란색. 좋아하는 색깔 앞에 서서 책을 고르게 되

는 건 나뿐만일까.

gaga77page는 다양한 분야의 작가들과 함께 많은 행사를 한다. 독립출판 작가의 북토크, 인디뮤지션 공연, 드로잉이나 글쓰기 클래스 등 매일 빡빡한 행사 일정이다.

"북토크나 워크숍, 공연을 꾸준히 열고 있어요. 사람들이 저희 책방을 다양한 문화 활동을 하는 책방으로 인식을 했으면 좋겠어요."

"어떻게 행사를 기획하고 선정해요?"

"많은 책방이 비슷하겠지만 책방 운영자인 제 취향에 의해 선택하고 제안해요. 그리고 먼저 제안 오는 것보다 제안하는 게 더 많아요. 그래도 실제로 일어나는 건 반반 정도 되고요."

작은 책방을 운영하는 가장 큰 장점은 운영자가 자신의 취향으로 책을 고르고 행사를 기획할 수 있다는 것. 하지만 운영자의 취향이 독자나 소비자와 잘 맞지 않을 때 단점으로 나타날 수도 있다. 대중적인 취향이라고 잘 맞고, 독특한 개인적 취향이라고 잘 어울리지 않는 건 아니다. 작은 동네 책방에서 행사를 열 땐 어떻게 운영자의 취향을 잘 전달하고 공감할 수 있는지가 중요하다.

운이 좋다면 독립출판계의 스타 작가도 인디뮤지션도 gaga77page에서 우연히 만날 수 있다. 독립출판 작가와 인디뮤지션이 종종 찾아 시간을 보내고, 인근에서 행사가 있을 땐 이곳에 와서 뒤풀이하는 경우도 있다. 좋아하는 작가를 만나 말을 걸고 싶지만 쑥스럽다면 조심스럽게 책방 운영자에게 도움을 청해도 좋다.

"왜 독립출판 작가들이 gaga77page를 많이 찾을까요?"

"음료도 마시고, 술도 마시고, 음식도 먹을 수 있고, 책도 살 수 있어서 그런 것 같아요."

“작가들이 유난히 친근하고 편하게 생각하는 것 같아요.”

책방 운영자 때문이라는 생각도 든다. 서글서글한 책방 운영자는 처음 만나는 사람도 불편하지 않게 하는 능력을 갖췄다. 아마 많은 책방 운영자가 부러워할 능력이다. 그래서인지 유난히 친밀한 관계의 창작자도 많다.

책방 운영자가 모두 친절하고 사람과 대화하는 걸 좋아한다고 생각하는 사람이 많다. 그리고 작은 책방이라는 이유로 자신만을 위한 서비스를 원하고, 운영자의 시간을 뺏고, 밤늦게도 아무렇지 않게 메시지를 보내고, 당연하다는 듯 친절과 상냥함을 요구하기도 한다. 친절하다고 무례해도 되는 건 아닌데 말이다. gaga77page 운영자는 그 중간에서 잘해나가고 있다.

독립출판물의 생생한 느낌을 좋아하는 책방 운영자는 2019년 3월 말, 문화비축기지에서 독립출판 마켓 ‘오프 페

이퍼 OF(F) PAPER'를 기획하여 운영하기도 했다. 약 100여 팀이 참가한 마켓은 매년 운영할 예정으로 금천구에 위치한 독립출판물 중심 책방 올오어낫씽 운영자와 함께 꾸린다.

"어떻게 마켓을 기획하게 되었어요?"

"올오어낫씽 운영자와 매달 북 마켓이 있었으면 좋겠다고 이야기했어요. 그러다 그럼 우리가 해보는 건 어떨까? 라는 이야기가 나왔고요."

매달 북 마켓이 다양한 형태로 있다면 새로운 시장 형성을 할 수 있을지도 모른다. 특정 출판사나 인기 작가에게만 집중되는 북 마켓이나 페어가 아니라 다양한 창작자가 자신의 작품을 선보이는 장이 많아지면 좋겠다.

본래 책방은 지금 위치가 아닌 홍익대학교 인근에 있었다. 2018년 차가운 바람이 불기 시작할 때쯤, 책방을 이전했고

새로운 환경에서 열심히 운영 중이다.

"가게를 옮기면서 여러 가지 다양한 프로그램을 실험 중이에요. 언제까지 실험이 계속될지는 모르겠어요. 어쩌면 계속 실험할지도 모르죠."

최근 여러 이름으로 취향을 팔고 콘텐츠를 파는 공간이 많이 생기고 있다. 유흥이나 소비를 위한 공간이 아닌 자신을 위한 생산적 활동을 나누는 공간이 많아지는 것은 바람직하다고 생각한다. 다만 그 취향이 콘텐츠가 자신의 실험이어야 할 것이다. 남의 실험에 기웃거리며 더 빨리 결과를 얻길 바라는 실험이 어찌 좋은 결과를 낳을 수 있을까. 자신의 실험을 꾸준히 해나가는 gaga77page에 응원을 보낸다. 천천히 걷는 걸음일지라도 그 걸음에 힘이 되는 창작자가 많아졌으면 좋겠다.

도시에서 나로 살기 위한

## 책방 연희

@chaegbangyeonhui
서울시 마포구 와우산로35길 3, 지하1층
수~토 12:00~19:00, 일~화 휴무, 때때로 변경

내가 매일 여행을 떠나오는 책방 연희. 매일 떠나오는 여행이기에 가장 소홀한 시선을 주었는지 모르는 책방이다. 책방 연희는 2017년 1월 연희동에서 임시 오픈을 시작으로 2월 정식 개점을 했고 일 년간 연희동 골목 안 주택에서 운영했다. 그리고 2018년 1월 경의선 책거리 인근인 현재 위치로 이전했다. 처음엔 작업실 겸 책방이라는 안일한 생각으로 문을 열었으나 책방의 기능과 역할이 점점 커지면서 책방 겸 작업실로 용도 변경하며 빠르게 이전을 결정했다.

책방은 경의선 폐철도 라인이 도시재생을 통해 책거리로 변한 곳 인근에 있다. 꽤 오래 회화 작업실로 쓰인 꼬마빌딩 지하에 간판도 없이 숨어 있다. 계단을 내려가 좁은 문을 들어서면 서정적인 공간이 나온다. 이십 평의 네모반듯한 공간에 키 낮은 서가와 책 테이블, 책 선반을 두어 개인

서재의 느낌으로 꾸몄다. 키 낮은 책장을 둔 건 책이 손에 닿지 않는 곳에 있어서 장식품으로 전락하는 것을 막기 위함이었다. 대신 꼬마 의자를 두어 책장 맨 아래 칸의 책까지 편히 꺼내 볼 수 있도록 했다. 하얀 벽과 천정에 나무색을 띤 바닥과 서가, 그리고 노란 조명으로 편안한 공간을 만들었다. 책이 중심이 되는 공간이다.

책방을 열기 전, 광고대행사에서 9년을 일했고, 10년 차에 퇴사했다. 화려해 보이는 프로젝트를 담당하며 다른 이들의 부러움을 샀고, 일이 재밌기도 했지만, 프로젝트를 마치면 허탈함이 있었다. 그럴 때마다 동네 서점을 찾았고 크라우드 펀딩을 통해 『여행자의 동네 서점』을 출간하게 됐다. 그 후 제주도 여행에서 만난 책방 이야기 『바다 냄새가 코끝에』 초고를 마쳤을 때 퇴사를 하고 책방을 열었다.

사실 회사 다니며 '주말에 팝업 서점을 하면 좋겠다.' 생각은 해봤지만 책방 운영을 꿈꾼 적은 없었다. 다만 무언가 좋은 기분은 책으로 둘러싸여 있을 때 생겨났었다. 그러던 중 책이 한 권 나오고 두 번째 책이 나올 준비를 시작하면서 내 것, 내 콘텐츠, 내 공간에 대한 갈증이 커졌다.

"왜 책방이었어요? 다른 문화공간도 있고 카페도 있잖아요."

"지금 생각해보면 자연스러운 일이었어요. 내가 내 공간을 만든다면 일단 책은 많을 것 같았어요. 집에도 이만큼 책이 있거든요."

더군다나 하루에 대한 불만과 내일에 대한 불안이 뒤섞인 날이면 책을 사들이던 나였다. 어차피 돈 벌어 책 살 거 제

대로 사보자 하여 책방인 이유도 있었다. 그리고 본래 도시에 관심이 많았다. 여행이라고 이름 붙이기엔 인문학적 이야기와 사람들의 삶, 장소가 중심이었기에 책방 앞에 도시인문학이라 붙였다.

"도시인문학이란 뭔가요?"

"도시의 가치와 도시에서 일어나는 모든 활동, 문화를 말해요. 간단하게 이야기하면 도시에서 살아가는 사람들의 혹은 사람들을 위한 모든 이야기예요."

꾸려진 책도 동네와 도시 중심이고, 지역성, 장소성, 도시성을 가진 책이 많다. 여행, 건축, 인문, 예술, 문학 장르와 관계없다. 독립출판물 역시 도시에서 살아가는 일들 혹은 도시의 이야기가 담긴 출판물을 우선으로 받는다. 아직 많지 않지만, 독립출판물을 통해 동네에 관한 개인의 기록을 출간하는 사람이 늘고 있다. 이미 홍은동, 아현동, 잠실, 서촌 등 동네에 대한 이야기와 춘천, 원주, 충주 등 로컬에서 살아가는 이야기가 세상에 나왔다.

책방에서 북토크, 전시, 드로잉, 청음회, 영화상영회 등 다양한 문화행사를 진행하지만 쓰고 읽고 기록하는 일에 대한 프로그램이 많다. 자신의 출판물을 기획하고 함께 의견을 나누고 만드는 독립 출판 제작 스터디가 격월로 운영되고 있고, 한 동네, 한 도시를 주제로 시, 소설, 에세이, 사진, 일러스트 등 다양한 장르로 나의 이야기를 쓰고 기록하는 스토리집 프로젝트도 비정기적으로 진행하고 있다. 스토리집 프로젝트로 벌써 제주, 경주와 서울의 연희동이 출간됐다. 아카이빙 목적이기에 소량 한정판으로 제작, 판매된다. 개인의 이야기가 곧, 동네의 이야기고 동네의 이야기가 모여 도시의 이야기가 되었다. 최근에는 내 손으로 내

책을 디자인하는 인디자인 클래스와 자신의 이야기를 쓰는 에세이 쓰기가 호응을 얻어 정기적으로 진행 중이다.

"새로이 열고 싶은 프로그램이 있어요?"

"책방 안에서가 아니라 도시로 나가서 창작자들과 무언가를 해보고 싶어 고민 중이에요. 그리고 곧 온라인 모임을 오픈할 예정이고요."

다른 책방과 차별화된 걸음을 내딛기 위해 노력한다. 책방으로서 멈추지 않기 위해 고민 중이다.

"어떤 책방을 만들고 싶으세요?"

"도시에서 살아가는 다양한 이야기를 나누고, 기록하고, 기억하는 공간이고 싶어요. 그리고 도시에서도 충분히 풍요롭게 살 기회를 나누고 싶어요."

책방은 분명 책방 운영자 개인의 공간이자 누군가의 공간이며, 책, 취향, 분위기를 사고파는 영리 공간이다. 아직은

홍대 앞에서 월세와 관리비 내기에 바쁘지만 다른 벌이로 책방 운영에 더하지 않는다. 퇴사하고 차린 책방, 잘하고 싶었고 보란 듯이 보여주고 싶어 조급했던 것도 사실이다. 하지만 이제 책방 연희는 조급해하지 않는다. 책방 연희는 천천히 자신의 속도로 나아간다. 나의 걸음이 누군가의 걸음이 되어 동네 책방의 걸음으로 나아가길 꿈꿔본다.
여행자로서, 독자로서, 책방 운영자로서 분명 내가 꿈꾸는 낭만이 존재하는 곳은, 여기, 바로 이곳, 책방이다.

# 동네 책방 사용 안내서

동네 책방이 오래도록 그 자리에 있어 주길 바라는 마음과 마음이 모이면 우리의 가까운 곳마다 동네 책방이 머무를 수 있습니다. 누구의 책방도 아닌 우리의 책방을 위해 동네 책방 사용법을 안내합니다.

## 첫째, 자신에게 맞는 단골 책방 만들기

다양한 동네 책방 속에서 자신의 취향에 맞는 단골 책방을 만들어보세요. 책방의 분위기, 큐레이션 된 책, 책방 운영자, 책방에서 운영하는 모임 등 취향을 찾아보세요.

## 둘째, 동네 책방에서 책 사기

동네 책방에서 베스트셀러나 유명한 책이 아닌, 나만의 책 한 권을 찾아 꼭 구매해보세요. 공간을 소비하고 콘텐츠를 소비하며 그 값을 치르는 것. 정당한 지불로 동네 책방을 응원해주세요.

## 셋째, 책 소중히 다루기

무료로 책을 빌리는 도서관이나 대형서점처럼 독서 공간을 제공하는 곳이 아니기에 오래 읽을 책은 구매하여 소장해주세요. 책방의 특성상 모든 책이 판매용입니다. 책을 떨어뜨리거나 오염된 손으로 만져 훼손되지 않게 소중히 다뤄주세요.

## 넷째, 책방 모임 참여하기

책방마다 크고 작은 모임이 많습니다. 작가와 직접 이야기를 나누는 북토크, 독서 모임, 글쓰기 모임, 책 만들기 클래스, 함께 떠나는 여행 등 책방의 매력을 느낄 수 프로그램에 참여해 느슨한 관계의 매력을 느껴보세요.

다섯째,
사진
찍지 않기

최근 작은 동네 책방에 대한 관심이 커지며 사진만 찍으러 오는 경우가 많습니다. 공간 촬영을 하고 싶다면 먼저 운영자에게 가능한지 확인해 주세요. 책 표지와 내부 사진은 저작권의 이유로 촬영이 금지되어 있습니다.

여섯째,
작은 목소리로
대화하기

동네 책방은 규모가 크지 않기 때문에 작은 목소리도 크게 들립니다. 전화벨은 진동으로, 전화 통화는 밖에서 해주세요. 책방에서 책을 읽고 있거나 책을 고르는 손님들에게 불편을 줄 만큼의 소음은 책방 전체의 분위기를 망칠 수 있습니다.

일곱째
동네 책방
소문내기

동네 책방도 독립출판물도 아직 낯선 이가 많습니다. 주변 사람에게 동네 책방을 소문 내 주세요. 함께 하면 더 즐거울 수 있습니다.

퇴근 후, 동네 책방

초판1쇄 발행 2020년 03월 25일
초판2쇄 발행 2021년 01월 15일

지은이 구선아
펴낸이 최병윤
펴낸곳 리얼북스

편집 이우경
주소 서울시 서대문구 증가로30길 29-2, 1층
출판등록 2013년 7월 24일 제315-2013-000042호
전화 02-334-4045 팩스 02-334-4046

종이 일문지업
인쇄 이든미디어
제본 광우제본


ISBN 979-11-86173-76-3 03810
가격 13,000원

픽토그램 이미지
designed by Freepik, Smashicons, Eucalyp, surang, itim2101
from Flaticon

이 도서의 국립중앙도서관 출판예정도서목록(CIP)은 서지정보유통지원시스템 홈페이지(http://seoji.nl.go.kr)와 국가자료종합목록 구축시스템(http://kolis-net.nl.go.kr)에서 이용하실 수 있습니다.
(CIP제어번호:CIP2020010498)

잘못 만들어진 책은 구입하신 서점에서 바꾸어 드립니다.
독자 여러분의 소중한 원고를 기다립니다(rbbooks@naver.com).